PROFIL D'UNE ŒUVRE
Collection dirigée par Georges Décote

Bérénice

(1670)

Jean Racine

Odile Berthaut
Joël Dubosclard
Agrégés de Lettres

SOMMAIRE

 ISSN 0750-2516 ISBN 2-218-**73761**-2

Fiche Profil

Bérénice (1670)

RACINE
(1639-1699)

THÉÂTRE DU XVIIe
TRAGÉDIE CLASSIQUE

La pièce se déroule à Rome, huit jours après la mort de l'empereur Vespasien. Son fils Titus est désormais empereur.

RÉSUMÉ

– **Acte I :** Antiochus, roi de Comagène, vit à Rome depuis trois ans. Il était venu y rejoindre Bérénice qu'il aime en silence. Aujourd'hui, tous s'attendent à ce que Titus épouse Bérénice, reine de Palestine, qui vit à ses côtés depuis cinq ans. Antiochus annonce donc son départ, puisqu'il a désormais perdu tout espoir auprès de Bérénice. Toutefois, avant de partir, il parle de son amour à Bérénice. Elle s'irrite de cette déclaration et rappelle que son amour pour Titus est tout pour elle. Seule Phénice, sa confidente, semble s'inquiéter de l'avenir.

– **Acte II** : Coup de théâtre : Titus fait part de sa décision de ne pas épouser Bérénice et de la renvoyer en Orient. Il demande à Antiochus de l'y raccompagner. Toutefois, seul face à Bérénice, Titus ne réussit pas à lui annoncer la nouvelle.

– **Acte III :** Titus demande à Antiochus de parler pour lui à Bérénice, ce qu'Antiochus fait malgré lui. Il doit alors supporter les violents reproches de Bérénice. Il est plus que jamais décidé à quitter Rome le soir même.

– **Acte IV :** Bérénice apparaît sur scène au comble du trouble. Elle va enfin rencontrer Titus, qui, lui, semble résolu et déterminé. Il réussit à annoncer sa décision à Bérénice. Elle quitte la scène en proférant des menaces de suicide. Malgré cela, Titus va rejoindre les Romains qui l'attendent pour l'acclamer.

– **Acte V :** Bérénice a décidé de partir, ce qui rend quelque espoir à Antiochus. Titus a pris, lui, une nouvelle décision. Mais il en parle de manière si floue à Antiochus que celui-ci est à nouveau désespéré. Il pense alors au suicide. Titus acquiert la preuve que Bérénice est sur le point de se tuer : il lui assure qu'il ne lui survivra pas. Finalement, chacun des trois personnages, conduit au bord du suicide, renonce à cette décision, accepte sa solitude et fait preuve de grandeur et de générosité. Ainsi tous trois pourront servir de modèles à la postérité.

PERSONNAGES PRINCIPAUX

– **Titus** : Fils de Vespasien et nouvel empereur de Rome. Amoureux de Bérénice, il vit depuis cinq ans avec elle. Aujourd'hui il doit choisir entre elle et ses devoirs d'empereur de Rome.

– **Bérénice** : Reine de Palestine, amoureuse sans partage de Titus. Elle l'a accompagné à Rome lorsqu'il y est revenu, il y a cinq ans, après sa campagne militaire en Palestine.

– **Antiochus :** Roi de Comagène, amoureux de Bérénice antérieurement à Titus. Éconduit et réduit au silence par Bérénice, il est toutefois venu la rejoindre à Rome où il vit dans son ombre depuis trois ans.

THÈMES

1. L'amour.

2. Les contraintes du pouvoir.

3. Le tragique.

AXES DE LECTURE

1. Une tragédie classique exceptionnelle : l'intrigue s'y résume à sa plus simple expression et les règles de la dramaturgie classique y apparaissent à l'état pur.

2. Une tragédie du choix et du déchirement amoureux : dans *Bérénice*, le tragique est intérieur. Les personnages sont placés devant des choix intimes qui les mutilent d'une partie d'eux-mêmes. Ces choix sont la conséquence directe de la situation de Titus : puisqu'il est empereur, il ne peut enfreindre la loi de Rome et doit renoncer à épouse Bérénice, une reine étrangère.

3. Une tragédie à caractère élégiaque : une élégie est un poème où se fait entendre une plainte douloureuse. Tout au long de la pièce, les personnages expriment leurs sentiments et en particulier leur souffrance. C'est pourquoi *Bérénice* est restée dans les mémoires comme un des sommets de la poésie racinienne.

1 Bérénice dans la carrière de Racine

Une jeunesse austère, puis la rupture avec ses maîtres chrétiens ; des succès littéraires et mondains, la gloire d'éclipser Corneille et de voir ses tragédies jouées devant le roi ; le renoncement au théâtre, une existence enfin de pieux courtisan : telles sont les étapes majeures de la vie de Jean Racine.

FORMATION RELIGIEUSE ET TENTATION MONDAINE (1639-1667)

Jean Racine est issu d'une famille de la petite bourgeoisie de province : il est originaire de la modeste ville de La Ferté-Milon, en Champagne. Qui aurait pu songer qu'il serait fêté un jour par la cour de Versailles ? Orphelin à trois ans, l'enfant est pris en charge par sa grand-mère paternelle, et confié ensuite, par elle, aux Petites-Écoles de l'abbaye de Port-Royal-des-Champs, près de Paris.

L'esprit de Port-Royal

L'esprit de l'abbaye de Port-Royal eut une influence considérable sur le jeune Racine. Il était imprégné par le jansénisme, doctrine chrétienne austère et exigeante : les jansénistes soutenaient que la liberté de l'homme pécheur est limitée face à la toute-puissance de Dieu, et que d'autre part la vie mondaine et ses tentations sont incompatibles avec la recherche du salut. Les Écoles de Port-Royal assuraient une formation intellectuelle remarquable : Racine adolescent apprend à lire dans le texte les historiens latins Tacite et Suétone (d'où il tirera plus tard la matière de *Britannicus* et de *Bérénice*) et les auteurs tragiques grecs (les sujets d'*Andromaque*, d'*Iphigénie* et de *Phèdre* proviennent des tragédies d'Euripide). Quant à la spiritualité de Port-Royal, elle marquera profondément la vision du futur écrivain : on verra dans son théâtre (et particulièrement dans *Phèdre*) l'homme tragiquement seul face à la divinité, et les ravages de la passion aveugle.

La tentation littéraire et mondaine

En 1661, l'oncle de Racine tente de l'engager dans une carrière ecclésiastique : il le fait venir auprès de lui pour deux années à Uzès, en Languedoc, et lui fait apprendre la théologie. Vains efforts : le jeune homme, que toute sa formation promettait à la vie religieuse, préfère composer de la poésie et essayer de vivre de sa plume. Mais cela suppose, à cette époque, d'être reconnu par les milieux mondains parisiens et par la Cour, afin d'obtenir une pension du roi. En 1663, le jeune Racine, auteur d'une *Ode* au roi, se voit attribuer une gratification par Louis XIV. Il se lie avec Boileau et La Fontaine, il est reçu dans les salons. La tentation mondaine l'a emporté sur l'esprit de Port-Royal. D'ailleurs, après qu'il ait donné à la scène ses deux premières tragédies (la *Thébaïde* et *Alexandre*), Racine se brouille avec ses anciens maîtres de Port-Royal : les jansénistes sont hostiles au théâtre, qu'ils accusent d'empoisonner les âmes, en peignant trop complaisamment le désordre des passions.

LA GLORIEUSE DÉCENNIE (1667-1677)

Voilà la décennie qui, commençant avec *Andromaque* (1667) et s'achevant sur *Phèdre* (1677), voit éclore les sept grandes tragédies de Racine. Plusieurs d'entre elles, consécration suprême, seront jouées devant le roi. En 1673, à trente-quatre ans, le poète est élu à l'Académie Française. Cependant, une carrière d'auteur dramatique est chose difficile à mener au XVIIe siècle : Racine doit compter avec des rivaux, dont le plus célèbre est Corneille. Ces rivaux sont protégés par des coteries, qui organisent des cabales pour faire échouer les pièces de Racine : on trouble les représentations, on colporte des propos et des pamphlets sarcastiques.

Le cas de *Bérénice* (1670) est exemplaire à cet égard : Corneille rivalise avec Racine en donnant simultanément, sur le même sujet, *Tite et Bérénice*. La pièce de Racine l'emporte auprès du public, mais l'abbé de Villars, qui fait partie des adversaires de notre auteur, publie deux «*Lettres*» où il raille l'invraisemblable faiblesse de caractère de Titus, la fadeur du personnage d'Antiochus et la pauvreté de l'action ! Finalement, le succès de *Bérénice* s'affirme, parce que la pièce émeut le public, en dépit des critiques des « doctes » ; c'est ce qu'on appelait, au XVIIe siècle, un « succès de larmes ».

Ce sera encore le cas d'*Iphigénie*, quatre ans plus tard (1674). Mais, en 1677, une cabale acharnée fait tomber *Phèdre* : le sujet même en est jugé scandaleux. Racine, d'autre part, souffre de la réputation peu honorable qui s'attache alors aux auteurs de théâtre (le théâtre étant en soi considéré comme immoral) : il a entretenu des liaisons avec des actrices, ce qui lui vaut d'être mal jugé. Aussi décide-t-il d'abandonner la scène ; il se marie bourgeoisement et se réconcilie avec Port-Royal. La même année, le roi fait de lui son historiographe officiel : il est chargé de rédiger l'histoire du règne de Louis XIV, c'est-à-dire d'immortaliser sa gloire.

UNE FIN DE CARRIÈRE ÉDIFIANTE (1677-1699)

Racine devient pleinement un écrivain de cour, tout au service du monarque. Il ne composera plus pour la scène qu'*Esther* (1689) et *Athalie* (1691), parce qu'il en aura été prié par Mme de Maintenon (seconde épouse de Louis XIV). Il faut préciser qu'il s'agit de deux pièces d'inspiration biblique, marquées par une piété lyrique très étrangère au reste de ses tragédies. Promotion suprême, le roi fait de lui en 1695 son conseiller-secrétaire.

Le jeune mondain qui avait rompu avec le jansénisme désirait tout de même être enterré dans le cimetière de l'Abbaye de Port-Royal, ce qui fut fait en 1699. Après la destruction complète du monastère, ordonnée par Louis XIV, ses cendres furent transférées en 1711 à Paris, à l'église Saint-Étienne-du-Mont, aux côtés de celles de Pascal.

SITUATION DE « BÉRÉNICE »

La chronologie nous montre que *Bérénice* (1670), qui est la cinquième tragédie de Racine, succède à *Andromaque* (1667) et à *Britannicus* (1669), pièces qui reçurent un accueil fort différent : *Andromaque* fut le premier vrai succès de Racine ; *Britannicus*, en revanche, ne fut guère applaudi. Dans cette dernière tragédie, Racine paraissait combattre sur le terrain de son rival Corneille en traitant de l'histoire romaine et des problèmes politiques. Il mettait en scène des personnages (Néron, Agrippine) que l'historien Tacite avait peints dans ses *Annales* ; *Bérénice*, par le choix de son sujet, s'inscrit encore dans cette ligne. Le désir de rivaliser avec Corneille apparaît aussi dans le fait que Titus doit choisir entre l'amour et l'intérêt de l'État, ce qui est précisément un thème cornélien.

Si l'on considère maintenant le traitement artistique du sujet, on voit qu'il est à l'opposé de la manière de Corneille et qu'avec *Bérénice,* Racine impose son esthétique de la tragédie. En effet, aux antipodes de l'intrigue cornélienne, fertile en rebondissements, *Bérénice* présente une étonnante simplicité d'action (cf. ci-dessous, p. 59). L'auteur, dans la Préface qu'il a écrite pour *Bérénice* (après la représentation de la pièce) va jusqu'à assurer que « toute l'invention consiste à faire quelque chose de rien ». Ceci indique bien que Racine affirme son originalité en s'opposant aux partisans de Corneille, et qu'il découvre avec *Bérénice* ce qui fera la force de son art : la pureté de la ligne dramatique et la puissance poétique qui, sinon à partir de « rien », du moins à partir de fort peu de chose, transfigure un sujet.

2 Résumé

La pièce se déroule à Rome en 79 après J.–C., huit jours après la mort de l'empereur Vespasien. Là se trouvent, outre Titus le nouvel empereur, Bérénice reine de Palestine, Antiochus roi de Comagène et leurs confidents respectifs, Paulin, Phénice et Arsace.

ACTE I

Scène 1 : Antiochus envoie Arsace demander un entretien confidentiel à Bérénice, dont il fut autrefois amoureux.

Scène 2: Antiochus, resté seul, s'interroge sur l'intérêt pour lui d'une nouvelle déclaration d'amour à Bérénice : pourquoi celle-ci, qui lui avait imposé silence il y a cinq ans en Palestine, l'écouterait-elle mieux alors que Titus est sur le point de l'épouser ? Antiochus se décide quand même à lui parler une dernière fois puis à regagner définitivement l'Orient.

Scène 3 : Arsace revient ; il a abordé difficilement la reine : en effet, maintenant que Titus, après huit jours, est sorti de son deuil, tout laisse à penser qu'il va l'épouser incessamment ; c'est pourquoi elle est entourée d'une foule importune de courtisans. Toutefois, elle va venir voir Antiochus. Celui-ci annonce à Arsace son intention de quitter Rome le soir même pour toujours, après son entrevue avec Bérénice. Arsace s'en étonne : en effet, aujourd'hui plus que jamais, Antiochus devrait pouvoir profiter de l'amitié qui l'a lié à Bérénice et à Titus et de l'éclat mérité que la gloire de Titus fera rejaillir sur lui ; n'est-ce pas d'ailleurs grâce à lui que Titus a fini autrefois par conquérir la Judée ? Malgré tout, Antiochus confirme son intention de quitter Rome si Bérénice lui confirme son mariage avec Titus.

Scène 4 : Bérénice est contente de pouvoir enfin parler avec son ami véritable : après s'être inquiétée du long deuil que Titus s'est imposé, elle est désormais pleinement assurée de son amour, qu'il manifeste d'ailleurs en ce moment même devant le sénat en agrandissant pour elle le territoire de la Palestine. Antiochus déclare alors à Bérénice qu'il va partir à tout jamais. Sur son insistance, il lui en donne les raisons : même si, il y a cinq ans, elle a su lui imposer silence, il n'a jamais cessé de l'aimer. Aussi, lorsqu'elle a alors accompagné Titus à Rome, il n'a pas pu surmonter son désespoir de rester seul et a fini par venir la rejoindre. Depuis, dissimulé sous le voile de l'amitié, il a laissé renaître un espoir, aujourd'hui définitivement anéanti par l'annonce du mariage de Titus et Bérénice. Malgré son indignation devant un tel aveu, Bérénice pardonne au nom d'une amitié qui accable Antiochus plutôt qu'elle ne le console.

Scène 5 : Bérénice voit s'éloigner Antiochus avec une certaine indifférence que regrette Phénice, sa confidente : Bérénice peut encore avoir besoin d'Antiochus, puisque Titus n'a pas encore clairement exprimé lui-même ses intentions. Mais l'inquiétude de Phénice ne peut ni troubler l'amour de Bérénice ni entamer ses certitudes.

ACTE II

Scène 1 : Titus attend Antiochus pour lui parler.

Scène 2 : Lorsque Paulin prononce le nom de Bérénice, Titus se trouble et veut expliquer à son confident les motifs de son embarras. Mais d'abord, il cherche à savoir ce que dit Rome sur son éventuel mariage avec elle. Malgré une première réponse rassurante, Titus se méfie et pousse plus avant ses questions. Paulin dit alors la vérité : pas plus aujourd'hui qu'hier, Rome ne veut d'une reine étrangère, ce que va probablement bientôt confirmer le sénat.Titus alors, dans une longue tirade seulement entrecoupée de deux mots de Paulin, dit la force et la fidélité de son amour et sa douleur de devoir quitter Bérénice ; c'est pour se conforter dans sa décision qu'il a fait parler Paulin : en effet, maintenant qu'il est empereur, il se doit entièrement à Rome. Depuis huit jours, il a voulu en vain le dire à Bérénice ; aujourd'hui enfin, il se croit capable de parler à la reine, après avoir rencontré Antiochus et la lui avoir confiée. Paulin se félicite de cette glorieuse décision dont gémit à nouveau Titus en célébrant

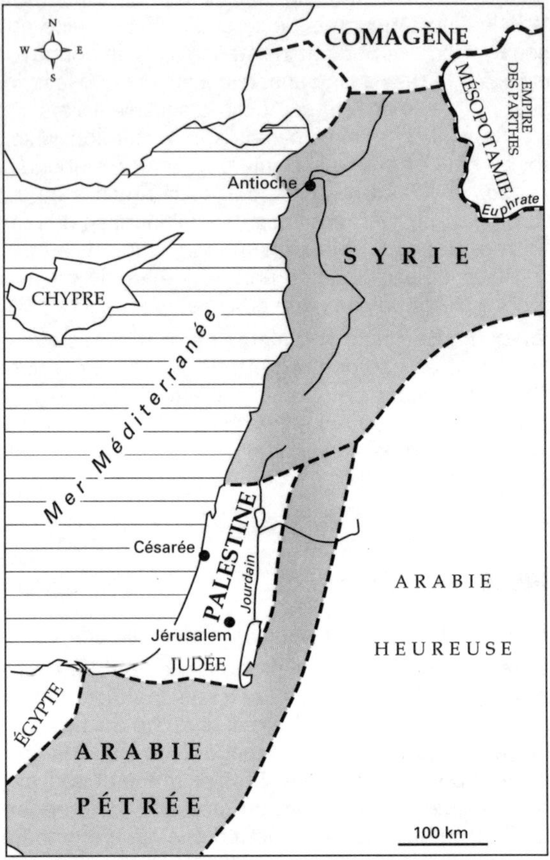

1. Comagène : Royaume d'Antiochus (il correspond à une partie du Sud de la Turquie actuelle).
2. Palestine : Royaume de Bérénice. La Judée est une province de la Palestine.
3. Syrie et Arabie Pétrée : Territoires offerts par Titus à Bérénice en « cadeau d'adieu »(cf. v. 172 et 524). L'Arabie Pétrée est constituée par les territoires arabes qui se sont alliés aux Romains.

les mérites et les vertus de Bérénice : elle l'a toujours maintenu dans le droit chemin, et, insensible aux honneurs dont il peut la couvrir, elle n'est comblée que de son amour pour lui. Mais malgré la douleur qu'il va susciter, il reste ferme sur sa décision.

Scène 3 : On annonce l'arrivée de Bérénice.

Scène 4 : Bérénice parle la première : si elle vient ainsi vers Titus, c'est que depuis huit jours, il n'a pas cherché à la voir ; certes, elle n'a pas cessé d'entendre parler des honneurs qu'il lui accorde, mais son seul désir c'est de l'entendre et de le voir en personne, c'est-à-dire d'être aimée. Titus paraît alors si embarrassé que Bérénice le croit encore troublé par la mort de Vespasien, son prédécesseur. Dans un élan d'amour désintéressé, elle cherche à le consoler ; c'en est trop pour Titus qui quitte la scène sans avoir pu parler.

Scène 5 : Bérénice, au comble de l'inquiétude devant ce silence et cette sortie précipitée, cherche des explications. Mais si elle évoque d'abord la menace de Rome, c'est pour éluder rapidement et se raccrocher à une éventuelle jalousie de Titus à l'égard d'Antiochus. Elle termine la scène en s'étant ainsi rassurée elle-même.

ACTE III

Scène 1 : Titus reproche à Antiochus son départ hâtif au moment précis où il a besoin de lui : au nom de l'amitié qui les lie, Titus demande à Antiochus de parler pour lui à Bérénice. Antiochus objecte qu'il a déjà fait ses adieux à la reine ; d'ailleurs c'est Titus, et personne d'autre, qu'elle désire voir. Titus lui apprend alors qu'il a décidé de la quitter : il se doit désormais à Rome seule, qui règle son destin et refuse une reine ; qu'Antiochus soit auprès de Bérénice l'interprète des sentiments de Titus, de son amour toujours aussi vivant, puis, qu'il la ramène triomphante en Palestine, au cœur de ses états. Titus dit alors adieu à Antiochus et lui recommande une dernière fois Bérénice, objet de tout son amour.

Scène 2 : Arsace, le confident d'Antiochus, se réjouit de ce renversement de situation : puisque Titus renonce à

Bérénice et la confie à Antiochus, tous les espoirs sont à nouveau permis. Mais, pendant toute la scène, Antiochus hésite entre un tel optimisme et sa certitude que les sentiments de Bérénice ne changeront jamais. En outre, il refuse d'être l'instrument de sa souffrance. Alors même qu'il décide de partir sans lui parler, Bérénice arrive.

Scène 3 : Antiochus tergiverse, parle à demi-mot. Bérénice exigeant alors des propos clairs, Antiochus dit enfin la vérité. Bérénice, bouleversée, quitte les lieux pour voir Titus en personne. Au comble de la douleur, elle accable Antiochus de sa colère.

Scène 4 : Antiochus, désespéré, n'a plus désormais qu'à partir sans regret, malgré les paroles encourageantes que lui prodigue encore Arsace. Mais avant leur départ, le soir même, Arsace doit veiller sur la vie de la reine.

ACTE IV

Scène 1 : Bérénice attend Phénice qu'elle a envoyée chez Titus.

Scène 2 : Phénice annonce la venue de Titus et conseille à Bérénice d'arranger le désordre de sa toilette dont, au contraire, Bérénice veut le rendre coupable. Elle rentre dans ses appartements.

Scène 3 : Avant de voir la reine, Titus va méditer seul quelques instants.

Scène 4 : Long monologue contradictoire de Titus : sera-t-il capable, devant Bérénice, de maintenir sa cruelle décision ? D'ailleurs, pourquoi la maintenir ? Elle émane pour l'instant de lui seul ; Rome n'a pas encore fait entendre sa voix et peut-être se montrera-t-elle compréhensive. Mais inutile de se leurrer, Rome a toujours haï les rois[1] et Titus le savait au moment même où il a connu Bérénice. S'abandonner à l'amour serait faire preuve de lâcheté, refuser d'accéder aux sommets qu'un empereur se doit d'atteindre. Titus a déjà trop tardé. Désormais il est prêt.

---

1. Cette haine des rois date de l'époque où Rome elle-même connaissait un pouvoir monarchique (750-510 av. J.-C.). La royauté, pour les romains, était synonyme d'arbitraire et de tyrannie.

Scène 5 : Entrée impromptue de Bérénice qui accable Titus de ses reproches. Titus est aussi déchiré qu'elle mais c'est maintenant pour lui le temps du devoir : que Bérénice, elle aussi, l'accepte. Tout au plus peuvent-ils désormais partager les pleurs.

Bérénice reproche à Titus de l'avoir laissée espérer dès leur première rencontre pour lui imposer aujourd'hui une décision, dont il pouvait d'ailleurs se dispenser, puisqu'il est tout-puissant. A cela Titus répond qu'il s'est lui aussi laissé bercer autrefois de l'illusion du bonheur amoureux, mais qu'il doit maintenant se consacrer à son rôle d'empereur.

Bérénice passe alors des reproches à une anticipation élégiaque d'un futur insupportable qui ébranle Titus : il lui permet donc de rester puisqu'elle le désire mais elle le détournera ainsi de son devoir, ce qui risque de déclencher de grands troubles à Rome.

Bérénice défend toujours son bonheur pied à pied, mais malgré les pleurs qu'elle fait verser à Titus, il s'en tient finalement à sa décision en évoquant l'histoire romaine dans laquelle lui-même s'inscrira ainsi glorieusement. Bérénice déclare alors qu'elle renonce à tout, mais quitte la scène en menaçant de se suicider.

Scène 6 : Un tel départ laisse Titus au comble du trouble, mais Paulin, son confident, lui rappelle que la reine est bien entourée par ses suivantes et ne risque rien. Titus n'a désormais qu'à se présenter devant les Romains pour recevoir leur hommage.

Scène 7 : Antiochus, bouleversé par l'état dans lequel il a vu Bérénice, supplie Titus de la rejoindre et de lui rendre ainsi goût à la vie.

Scène 8 : A ce moment précis, on vient chercher Titus pour répondre aux attentes des Romains : devant une alternative aussi claire, il s'engage alors sur la voie de l'Empire.

ACTE V

Scène 1 : Arsace ne sait où trouver Antiochus.

Scène 2 : Il annonce à Antiochus que Bérénice doit partir le soir même. Elle l'a écrit à Titus, qu'elle ne reverra pas puisqu'il se consacre à ses devoirs d'empereur. Les espoirs d'Antiochus renaissent.

Scène 3 : Arrivée de Titus : il veut prendre Antiochus à témoin de la preuve d'amour qu'il va donner à Bérénice, chez qui il entre.4

Scène 4 : Les espoirs d'Antiochus s'effondrent à nouveau. Il sort en prononçant des paroles inquiétantes sur son sort.

Scène 5 : Vif dialogue entre Titus et Bérénice qui ne veut plus l'écouter et l'accable de reproches. Elle l'accuse même de vouloir l'oublier. Titus, blessé, lui fait une déclaration d'amour plus ardente que jamais, qui augmente son désespoir ; puis il lit la lettre qu'il vient de lui arracher et dans laquelle elle annonce son intention de mourir. Titus envoie alors chercher Antiochus. Bérénice reste effondrée.

Scène 6 : Titus confesse son trouble et son désarroi après ce qu'il vient d'apprendre. Mais il ne changera pas pour autant sa décision : simplement, si Bérénice s'obstine à mourir, il en viendra lui aussi à une telle extrémité.

Scène 7 : Arrivée d'Antiochus que Titus, au nom de leur amitié prend à témoin de ses sentiments. Antiochus veut alors clarifier sa propre situation et avoue son amour pour Bérénice ; il sait que tout espoir lui est interdit puisqu'il voit Titus aux côtés de Bérénice et fait des vœux pour leur bonheur. Devant un tel assaut de générosité, Bérénice fait elle aussi preuve de grandeur d'âme : elle sait que Titus l'aime, elle peut partir en lui promettant de vivre et lui permettre ainsi d'accomplir son destin. Elle engage Antiochus à suivre cet exemple glorieux et sort après un dernier adieu. Le mot de la fin, « Hélas ! », revient à Antiochus.

3 Structure dramatique

Dans ce chapitre, il s'agit d'étudier comment et quand l'action de la pièce se noue, évolue, et se dénoue. Dans une telle étude, l'adjectif « dramatique »est toujours à prendre au sens de : « qui concerne l'action ».

Racine, dans la préface de *Bérénice,* parle ainsi de l'action de sa pièce : « Il y avait longtemps que je voulais essayer si je pourrais faire une tragédie avec cette simplicité d'action qui a été si fort du goût des Anciens.» Cette simplicité est telle qu'elle a déconcerté certains critiques de l'époque : plutôt qu'un texte à caractère dramatique, ils ont vu dans *Bérénice* une longue élégie[1], dépourvue donc de toute action.

De fait, le texte ne comporte aucune des caractéristiques les plus marquantes d'une évolution dramatique classique telles que, par exemple, des péripéties, des reconnaissances ou un dénouement catastrophique. Mais à considérer attentivement chacun des trois personnages principaux de la pièce (Bérénice, Titus, Antiochus), on constate qu'ils subissent une évolution intérieure. Cette évolution est directement liée à la décision que Titus a prise, antérieurement au début de la pièce, de ne pas épouser Bérénice. Au cours de la pièce, il doit lui-même annoncer cette décision à Bérénice. Cette obligation que s'est imposée Titus provoquera chez les personnages une évolution. C'est cette évolution qui constitue l'action générale de la pièce.

Toutefois, l'action ne semble pas se mettre en place à l'acte I puisque personne ne connaît encore la décision de Titus. Antiochus et Bérénice ont même l'air sûr que Titus va épouser Bérénice : une telle situation est surprenante pour un acte d'exposition. Pourtant, on sent Antiochus plus indécis et Bérénice plus inquiète qu'ils n'en ont l'air. Cela laisse pressentir qu'ils vont évoluer par la suite.

1. Élégie : poème exprimant une plainte douloureuse.

L'action se noue clairement avec l'arrivée sur scène de Titus au début de l'acte II. Il fait connaître sa décision à Paulin. Il déclare qu'il doit l'annoncer lui-même à Bérénice. Toutefois, il faudra attendre la scène 5 de l'acte IV pour en arriver là. Après la scène 5 de l'acte IV, chacun des personnages va connaître une telle souffrance qu'il se laissera tenter par le suicide.

Tous trois y renonceront mais seulement dans la dernière scène qui constitue le dénouement.

UN ACTE D'EXPOSITION SURPRENANT (Acte I)

Les attentes du spectateur

Dans le théâtre classique, le premier acte est traditionnellement un acte d'exposition qui place le spectateur en situation d'attente. Dans l'acte I de Bérénice, cette situation est étrange. Bérénice paraît sûre d'elle. Rien d'inattendu ne semble devoir lui arriver. Pourtant, elle est le personnage éponyme[1] de la pièce. Elle y a donc probablement un rôle dramatique important. Le spectateur se demande lequel.

Par ailleurs, Antiochus est présent dans quatre scènes sur cinq, ce qui semble faire de lui un personnage important. Or, il annonce son intention de partir, qu'il semble mettre à exécution à la fin de l'acte. Le spectateur peut penser que si Racine a fait d'Antiochus un personnage important, on va le revoir sur scène dans les actes suivants. Dans quel rôle ?

A cette double attente du spectateur concernant Bérénice et Antiochus, s'ajoutent celles dans lesquelles se trouvent eux-mêmes Antiochus et Bérénice.

Les attentes d'Antiochus

Antiochus attend Bérénice pour un entretien qui devrait rapidement clarifier la situation : il veut lui annoncer la décision qu'il a prise et qu'il énonce de manière nette et tran-

1. Éponyme : qui donne son nom à.

chée : puisque la mort de Vespasien et donc le mariage de Titus et Bérénice ont éteint en lui tout espoir, il va partir (monologue de la scène 2).

Pourtant, on peut se demander pourquoi il a souhaité reparler de son amour à Bérénice si, comme il le dit, il n'a vraiment plus aucun espoir : cet entretien n'est-il pas d'ores et déjà vain ? Apparemment donc, si la mort de Vespasien et ses conséquences lui ont imposé la décision de partir, cette décision est uniquement le résultat de ces événements extérieurs et non d'un renoncement intérieur consenti, qui lui aurait donné durée, fermeté et réel achèvement.

D'ailleurs, il réussit certes à faire preuve de fermeté quand il est seul ; mais face à un interlocuteur (Arsace à la scène 3 et Bérénice à la scène 4), il laisse transparaître ses hésitations. Sa décision est donc moins définitive qu'on ne le croyait. En réalité, elle ne prendra vraiment effet que lorsque Titus aura annoncé son mariage avec Bérénice.

Les attentes de Bérénice

Certes Bérénice semble sûre que Titus va venir. Elle l'attend en toute confiance ; il va lui confirmer l'imminence de leur mariage.

Mais certaines tournures syntaxiques que Racine prête à Bérénice disent les doutes qui l'habitent. Ainsi, les deux premiers vers du passage suivant :

> Et, si de ses amis j'en dois croire la voix,
> Si j'en crois ses serments redoublés mille fois,
> Il va sur tant d'États couronner Bérénice,
> Pour joindre à plus de noms le nom d'impératrice.
>
> (v. 173-176).

Ces deux premiers vers sont constitués de tournures hypothétiques qui soulignent nettement les incertitudes de Bérénice. D'ailleurs, quand Phénice rappelle au vers 292 que : « Titus n'a point encore expliqué sa pensée », elle manifeste clairement une inquiétude que Bérénice a, en fait, déjà laissé percer.

L'acte I s'achève donc étrangement : des deux personnages que l'on a vus sur scène, l'un, Antiochus, prétend qu'il va partir sur le champ sans espoir de retour, l'autre, Bérénice, semble sereine et sûre de l'avenir.

Mais en fait, pour être confirmée, leur situation nécessite que Titus annonce son mariage avec Bérénice. Le rôle éminent de Titus dans l'action est ainsi mis en évidence.

TITUS : L'INDÉCISION
(De l'acte II à l'acte IV, scène 5)

L'acte II commence exactement comme on pouvait s'y attendre : Titus, dont on a tant parlé à l'acte I, est enfin sur scène. Et très rapidement il dit (v. 343) :

> Voici le temps enfin qu'il faut que je m'explique.

Ce vers répond presque mot pour mot à celui de Phénice précédemment évoqué (v. 292) et semble ainsi parachever l'acte I. On pense en effet qu'il va donner des précisions sur son mariage avec Bérénice.

Mais en vérité les inquiétudes sourdes qu'on avait pressenties à l'acte I vont se voir vérifiées. En effet, la décision de Titus, prise antérieurement au début de la pièce est énoncée catégoriquement au vers 446 :

> Pour jamais je vais m'en séparer.

Cette annonce constitue un coup de théâtre à partir duquel chacun des trois personnages principaux va évoluer jusqu'au renoncement final.

Les hésitations de Titus dans l'acte II

Si on replace le vers 446 (cf. *supra*) dans l'ensemble de la scène 2 de l'acte II, se dessine, en fait, l'image d'un Titus irrésolu :
– Par exemple, alors même qu'il vient de dire à Paulin qu'il va s'expliquer sur le champ, il ordonne au même Paulin de parler à sa place et lui cède la parole (v. 344).
– Il avoue lui-même, au vers 451, que sa décision a été précédée de longues hésitations :

> Bérénice a longtemps balancé la victoire.

– Il explique, par ailleurs, à quelle difficulté il se heurte pour annoncer lui-même la nouvelle à Bérénice : « Mais par où commencer ?» dit-il (v. 473). Pourtant, il sait bien qu'il ne peut faire l'économie de cette épreuve : parler à Bérénice, c'est se prouver à lui-même qu'il a triomphé de sa propre irrésolution (v. 483-484).

On voit donc bien, pour Titus lui-même, l'importance de la rencontre à venir avec Bérénice : elle marquera l'achèvement de sa métamorphose en empereur.

Aussi la scène 4 de l'acte II, au cours de laquelle Titus se révélera incapable de parler à Bérénice, est-elle de ce point de vue la scène capitale.

Par ailleurs, à la suite de cette scène, Titus va avoir recours à Antiochus qui revient ainsi au premier plan de l'action.

L'évolution et le rôle d'Antiochus dans l'acte III

Dans un premier temps, Titus voulait seulement demander à Antiochus d'emmener Bérénice et de la reconduire en Orient (v. 485-486). Mais, comme lui-même n'a pas eu le courage de parler à Bérénice, il veut maintenant faire d'Antiochus son porte-parole auprès d'elle.

Cette demande inattendue va enfin placer Antiochus devant un réel choix personnel : puisque Titus renonce à Bérénice et demande à Antiochus de la rencontrer, Antiochus pourrait à nouveau se laisser aller à de vains espoirs. En refusant de rencontrer Bérénice, il renonce délibérément à de tels espoirs. Au fur et à mesure de l'acte III, il devient un personnage plus sûr de lui et de ses décisions.

Par ailleurs, la demande de Titus place Antiochus dans une situation ambiguë : s'il acceptait de parler à Bérénice à la place de Titus, la situation deviendrait claire pour elle. Mais en réalité, il reculerait le moment crucial et nécessaire où Titus doit parler à Bérénice. Aussi, à son insu, Antiochus a-t-il, dans l'acte III, le rôle ingrat de suspendre une action trop douloureuse pour Titus. Et, lorsque l'acte se termine, certes Bérénice a appris la nouvelle par Antiochus, mais Titus n'a toujours pas parlé lui-même.

Bérénice a alors un rôle décisif à jouer dans l'évolution de la pièce.

De la scène 3 de l'acte III à la scène 5 de l'acte IV : le rôle de Bérénice

Après ce qu'elle vient d'apprendre, Bérénice éprouve, à ce qu'elle dit elle-même, une « juste fureur » (v. 961). Sous l'effet de tels sentiments, elle réussit à imposer à Titus l'entrevue à laquelle il a échappé pendant tout l'acte III ; elle occupe alors une position déterminante dans l'action. Elle va faire d'ailleurs, de cette rencontre (acte IV, scène 5) un moment hautement dramatique : la scène très longue et très équilibrée se développe comme une sorte de duel où Titus est constamment sur la défensive face aux attaques renouvelées et variées de Bérénice : des reproches à l'amertume, de la tendresse à la tristesse, elle utilisera toutes les armes dont elle dispose, et cherchera à tout moment à faire revenir Titus sur sa décision. Mais Titus fera preuve de fermeté. Cette fermeté conduit Bérénice à un ultime recours, la menace de suicide. Elle est alors habitée à la fois par le désespoir et la colère.

Ainsi se met en place le dernier mouvement de la pièce.

BÉRÉNICE : LA TENTATION DU SUICIDE

(De l'acte IV, scène 6 à l'acte V, scène 6)

A partir de la scène 6 de l'acte IV, la menace de suicide de Bérénice pèse de manière décisive sur Titus et Antiochus et sur leur évolution.

Ainsi, la succession des scènes 6, 7 et 8 laisse à Titus une dernière alternative : il peut encore avoir pitié de Bérénice ou se conduire en empereur et suivre Paulin qui veut le mener devant les Romains. Avec la menace du suicide de Bérénice qui pèse sur lui, il doit longuement peser les conséquences de son choix. Aussi, lorsqu'il décide de suivre Paulin, sa décision semble irréversible.

Pourtant à la scène 3 de l'acte V, Titus tient à Antiochus des propos assez ambigus (v. 1291-1292). Nous apprendrons en fait un peu plus tard (scène 6) que Titus a lui aussi entrevu le suicide comme seule issue à la souffrance extrême engendrée par sa décision. Mais à la scène 3, Titus suggère seulement cette intention, sans l'énoncer explicitement et en rappelant son amour pour Bérénice. C'est pourquoi Antiochus peut croire à un revirement. Cette erreur l'entraîne aux limites de la souffrance et du désespoir. Et la seule issue qu'il entrevoit lui aussi est le suicide.

Ainsi donc, chacun des trois personnages ayant été poussé au désespoir, est prêt à s'abandonner à la mort. La pièce pourrait se terminer sur un triple suicide.

Pourtant, les trois personnages vont subir une dernière transformation.

LE DÉNOUEMENT

(Acte V, scène 7)

La scène 7 de l'acte V est la seule où se trouvent réunis les trois personnages principaux : leur destin se trouve ainsi mis en parallèle. Chacun d'eux s'est trouvé, au gré des événements, engagé sur la voie de la lucidité et chacun a dû admettre qu'il n'existe pas pour lui d'amour exclusif et éternel ; au bout du chemin, seules l'attendent la souffrance et la solitude.

Chaque personnage a fait cette découverte à son propre sujet. Il voit aussi les deux autres dans la même situation. Ce que chacun a découvert ne lui est donc pas particulier. C'est le sort commun ; inutile de chercher à le fuir. Antiochus va alors jusqu'au bout de la transparence en confessant à Titus son amour pour Bérénice. Mais surtout Bérénice s'impose à elle-même et impose aux deux hommes l'idée que la mort est une fausse solution. La souffrance et la solitude font partie de la vie. La seule issue possible consiste donc à y faire face et à s'y résigner.

La pièce peut alors s'achever.

4 Le système des personnages

On étudiera ici moins la « psychologie »des personnages que leur fonction et leur situation hiérarchique dans le système dramatique. On analysera également les personnages à travers les couples d'opposition qu'ils forment entre eux, puisqu'au théâtre les personnages se déterminent par réaction les uns vis-à-vis des autres. Nous excluons de ce chapitre le couple central Titus-Bérénice, qui réclame un traitement privilégié ; les éléments de cette étude seront distribués dans les chapitres 5, consacré à Titus, et 6, consacré à Bérénice.

UNE TRAGÉDIE REPOSANT SUR TROIS PERSONNAGES

Trois personnages seulement (Titus, Bérénice et Antiochus) soutiennent l'action de la pièce : c'est la distribution la plus épurée parmi toutes les tragédies de Racine. Il n'y a pas ici de personnage intermédiaire entre héros et confident, comme il arrive, par exemple, dans *Britannicus* : dans cette pièce en effet, Narcisse et Burrhus sont respectivement le mauvais et le bon génie de Néron, et ces conseillers sont dotés de vues personnelles. Dans *Phèdre*, le personnage secondaire d'Aricie a été inventé par Racine pour former, face à l'amour coupable de Phèdre, le contrepoint de l'amour pur et juvénile.

D'autre part, les confidents de *Bérénice* sont loin d'avoir une épaisseur suffisante pour compenser l'absence de personnages secondaires. Certes, il existait au XVIIe siècle une convention de la tragédie qui reléguait le confident dans la fonction d'écoute de son maître : ses questions n'ont d'autre but que de faire en sorte que le héros se dévoile devant le spectateur. Mais enfin, Racine a pu aussi transgresser cette convention : dans *Phèdre*, Œnone, confidente de l'héroïne, est bien davantage qu'un faire-valoir ; elle joue un rôle dans l'action, et elle subit un destin tragique puisque son suicide précède celui de sa maîtresse. Le contraste est frappant avec le personnage de Phénice, confidente de Bérénice : elle est sans doute la plus effacée des confidentes de Racine ; dans plusieurs scènes, elle n'est même qu'une présence muette.

LA PRÉPONDÉRANCE DE TITUS

Cette prépondérance apparaît surtout en regard du poids des autres personnages.

Considérons le personnage d'Antiochus : il est évident qu'il n'est pas à parité avec Titus et Bérénice, et que le trio des protagonistes répond à la formule 2+1. En effet, l'espoir ou le désespoir d'Antiochus est entièrement suspendu à la décision de Titus concernant Bérénice. Par bien des côtés, son rôle s'apparente à celui d'un confident de Titus, messager de la résolution de l'empereur auprès de Bérénice. Les critiques du XVIIe siècle ont été sévères pour le personnage, ne voyant en lui qu'un « confident monté en grade ».

Reste donc, au centre de la pièce, le couple Titus-Bérénice. Encore faut-il observer aussitôt que Bérénice ne fait qu'attendre la décision de Titus et que, l'ayant apprise, elle est impuissante à la modifier. L'action de la pièce et les réactions des personnages dépendent finalement du seul Titus. Il est vrai que Racine a dédoublé intérieurement le personnage, qui abrite en lui deux êtres : l'homme privé, amoureux de Bérénice, et l'homme public, empereur de Rome, qui ne peut garder sa maîtresse à ses côtés (cf. ci-dessous, p. 35).

ANTIOCHUS-TITUS

On s'attachera à la relation complexe de ces deux êtres généreux, à la fois rivaux, doubles l'un de l'autre et unis par l'amitié.

Rivaux et doubles

La rivalité de ces deux souverains, qu'on imagine d'âge comparable, s'est exercée d'abord dans le domaine de la bravoure militaire : Antiochus, roi de Comagène, a combattu en Judée aux côtés des Romains et a aidé Titus à écraser la révolte de Jérusalem. Titus a tenu à saluer son héroïsme lorsqu'Antiochus a paru mortellement blessé (v. 111-114). Mais si Antiochus est courageux, il est aussi atteint dans son intégrité physique : Titus sort de la guerre plus glorieux encore, car indemne et « Chéri de l'univers » (v. 221). On sera sensible à la similitude de condition et de caractère entre les deux hommes, qui permet de voir en eux des doubles ; mais la faveur de la Fortune, comme Antiochus le comprend lui-même, paraît s'attacher au seul Titus, dont Antiochus sait qu'il n'est lui-même que le « malheureux rival » (v. 224).

La rivalité dans le domaine amoureux renforce le thème du double : l'Amour, divinité arbitraire et imprévisible, s'est également attaché au seul Titus. Aux yeux de Bérénice, Titus éclipse en un instant l'infortuné Antiochus :

> Titus, pour mon malheur, vint, vous vit, et vous plut.
> (v. 194).

Notons que la situation d'Antiochus n'est pas celle d'un mari dépossédé par le souverain de Rome, situation qui ternirait Titus. Il est le prétendant évincé par la préférence irrépressible de la femme qu'il aime pour un autre homme. Racine n'a pas fait d'Antiochus un jaloux (sentiment qui ne le grandirait pas), mais un rival chevaleresque de Titus, un rival malheureux qui continue à aimer et souffre dans la dignité.

Antiochus, ami et confident de Titus

Pendant cinq années, Titus a ignoré que sa cour abritait un rival secret pour l'amour de Bérénice. Le silence d'Antiochus ne doit pas être interprété comme une dissimulation, mais comme une forme de loyauté : il s'est tu face à Titus, mais aussi face à Bérénice. Ne se doutant de rien, Titus a installé Antiochus dans un rôle d'ami et de confident ; bien plus, il l'a voulu ami du couple qu'il forme avec Bérénice :

> Vous ne faites qu'un cœur et qu'une âme avec nous.
>
> (v. 698).

Qui ne voit quelle cruauté involontaire il y a chez Titus à faire d'Antiochus le témoin privilégié de son bonheur ! Racine a cependant tenu à conserver la plus grande noblesse à ces deux caractères : générosité de Titus à l'égard d'Antiochus (v. 763-767) et loyauté constante d'Antiochus dans son rôle de tiers souffrant et silencieux.

On peut toutefois s'interroger sur la confiance de Titus et y déceler quelque indifférence au possible pouvoir de séduction d'Antiochus sur Bérénice : faisant de lui le messager du renvoi de Bérénice, il imagine en outre leur départ commun vers l'Orient et le renforcement de leur amitié :

> Prince, dans son malheur ne l'abandonnez pas.
> [...]
> Qu'une amitié si belle ait d'éternels liens.
>
> (v. 758-761).

Titus n'imagine pas un instant qu'Antiochus puisse aimer Bérénice ni que Bérénice (pourtant renvoyée par lui, Titus) puisse se tourner vers Antiochus. L'amitié de l'empereur comporte ainsi une curieuse part d'aveuglement sur Antiochus, sur sa capacité d'aimer et de souffrir. Il y a chez Titus quelque idéalisme ou optimisme vertueux qui recouvre tout.

BÉRÉNICE-ANTIOCHUS

Il peut être intéressant de comparer la relation Bérénice-Antiochus (relation non amoureuse) à la relation Bérénice-Titus : nous verrons apparaître plusieurs symétries inverses. Nous constaterons ensuite comment la relation Bérénice-Antiochus, étant donné la non-réciprocité de l'amour, voue Antiochus à la souffrance.

Comparaison : Bérénice-Antiochus et Bérénice-Titus

Nous observons que si Titus comme Antiochus aiment Bérénice, seul l'amour de l'empereur et de Bérénice est réciproque. D'autre part, la raison d'état interdit que Titus épouse Bérénice ; à l'inverse, l'intérêt politique voudrait que Bérénice épouse Antiochus, comme l'observe Arsace : les deux personnages, souverains orientaux, règnent sur « deux états voisins, qui cherchent à s'unir » (v. 826). Toutes les circonstances extérieures paraissent réunies pour que se réalise un de ces mariages entre souverains (d'ailleurs si fréquents au XVIIe siècle) qui ont pour but essentiel l'union politique de deux pays. Comme le remarque encore Arsace :

> L'intérêt, la raison, l'amitié, tout vous lie.
>
> (v. 827).

Dans le cas du couple Titus-Bérénice, les circonstances extérieures ne sont pas favorables : mais l'amour étant réciproque, le bonheur privé serait possible.

La souffrance d'Antiochus

Précisons d'emblée un point important : si Antiochus souffre par Bérénice, cela n'est nullement dû à la coquetterie ou au caprice de celle-ci. A aucun moment, elle ne donne de faux espoirs à Antiochus, fût-ce pour attiser la jalousie de Titus ; autrement dit, jamais elle ne tente d'utiliser l'amour d'Antiochus. Racine a voulu préserver la pureté morale de son héroïne : grande différence avec le personnage d'Hermione dans *Andromaque,* qui, amoureuse de Pyrrhus et repoussée par lui, donne par calcul des espérances à Oreste, que pourtant elle n'aime pas.

Cela dit, l'amitié que Bérénice porte à Antiochus (sentiment exceptionnel entre un homme et une femme dans le théâtre de Racine) ne l'empêche pas de le faire souffrir involontairement. Par exemple, pour assurer Antiochus qu'elle a plaisir à leurs conversations amicales elle s'écrie :

> Cent fois je me suis fait une douceur extrême
> D'entretenir Titus dans un autre lui-même.
>
> (v. 271-272).

Bérénice avoue bien ici qu'Antiochus n'a de valeur à ses yeux qu'en qualité de reflet de Titus ! Chose plus grave, Bérénice soupçonne injustement Antiochus de manœuvre et de mensonge, quand il ne fait que transmettre l'ordre de Titus (v. 910). Il est alors durement exclu par Bérénice ; on le dirait victime de la malédiction qui, dans l'esprit archaïque, s'attache aux porteurs des mauvaises nouvelles (« Pour jamais à mes yeux gardez-vous de paraître », v. 916).

Dans la scène finale, si Bérénice reconnaît la générosité d'Antiochus (v. 1469), elle lui dicte encore sa conduite et son congé ; elle détermine le destin d'Antiochus en le calquant sur ce que Titus lui impose à elle-même : la séparation, la souffrance, la solitude (v. 1499-1501). Antiochus peut apparaître comme la victime indirecte de la souffrance infligée par Titus à Bérénice ; il est toujours en position seconde, victime par ricochet de la réaction des autres.

LES CONFIDENTS

Arsace

Confident d'Antiochus, il a pour fonction de faire contrepoids à la perpétuelle inquiétude de son maître. Il représente à la fois l'optimisme raisonnable et le réalisme. Il croit, par exemple, que le chagrin de Bérénice, renvoyée par Titus, ne sera pas éternel, et que le temps la mènera à Antiochus (v. 821-827). A cet égard, sa réaction est très caractéristique du confident de la tragédie classique, qui imagine ou préconise toujours une issue non tragique (souvent même pragmatique) à la situation où se débat le héros. On notera la sympathie teintée d'affection qu'Arsace manifeste pour Antiochus : il se fait par avance une joie de lui annoncer l'heureuse nouvelle du départ de Bérénice (v. 1255-1258).

Paulin

Confident de Titus, il est construit en antithèse par rapport à Arsace. Sa froideur compassée (v. 421) et son langage pompeux (v. 491-498) l'opposent au chaleureux confident d'Antiochus. Alors qu'Arsace soutient l'espoir amoureux d'Antiochus, Paulin représente au contraire le devoir pour l'empereur de renoncer à l'amour. Vu sous cet angle, le personnage de Paulin est construit par Racine selon une convention du théâtre classique : le confident incarne une partie de la personnalité de son maître. Ici Paulin incarne la partie « romaine » de Titus, c'est-à-dire l'empereur qui coexiste en lui avec l'homme épris de Bérénice. Ce caractère très romain du personnage s'explique aussi par le fait qu'il est sur scène l'écho de l'opinion du peuple et de celle du Sénat (v. 413-419). Conformément à la doctrine stoïcienne, chère aux philosophes romains de la période impériale[1], la plus grande victoire de l'homme est celle qu'il obtient sur ses passions ; c'est exactement le langage que Paulin tient à Titus.

Phénice

Confidente de Bérénice, elle a un rôle très effacé, limité à quelques déplorations, ce qui n'étonnera pas si l'on songe qu'elle accompagne un personnage qui est constamment lui-même dans un rôle d'attente et d'acceptation d'une décision. On notera toutefois que Phénice, au début de la pièce, s'inquiète de l'optimisme excessif de Bérénice, et que les quelques vers qu'elle prononce alors ont valeur prémonitoire (v. 293-297).

1. La période où Rome est à la tête d'un empire gouverné par un « imperator » (empereur). Le premier d'entre eux fut Auguste (27 av. J.-C., 14 ap. J.-C.). Le philosophe stoïcien Sénèque a vécu sous le régime de Néron (54-68 ap. J.-C.)

5 Titus

Titus est le personnage central de *Bérénice*: il n'est pas la victime du conflit tragique (Bérénice, qui donne à la pièce son titre, est cette victime), mais le conflit existe en lui et par lui. Titus aime une reine étrangère[1] et détient à Rome le pouvoir suprême, deux faits absolument incompatibles.

DU TITUS HISTORIQUE AU TITUS DE RACINE

La réalité historique

Racine n'a pas inventé la matière de sa tragédie, mais l'a puisée dans l'histoire romaine. En tête de sa préface à *Bérénice*, il cite l'historien latin Suétone, pour illustrer l'action de sa pièce, résumée dans la célèbre formule : *ab Urbe dimisit invitus invitam* [il (Titus) la (Bérénice) renvoya de Rome, malgré lui (*invitus*) malgré elle (*invitam*)]. On observera que la syntaxe même de cette formule (*invitus invitam*) suggère un parallélisme dans la psychologie des deux amants. La citation, habilement choisie par Racine, paraît illustrer le principe de sa tragédie, où à l'humiliation et à la souffrance de Bérénice répond le déchirement de Titus, contraint, par la loi de Rome, de renvoyer sa maîtresse.

Cependant, Suétone présente cette séparation dans un contexte historique tout différent de celui qu'imagine Racine, lequel se garde bien de citer davantage l'historien ! Celui-ci, en effet, relie la décision de Titus à un revirement plus global des habitudes du nouvel empereur. A la surprise générale, Titus, jusque-là libertin et corrompu, s'assagit à

1. Rappelons que Bérénice est reine de Palestine.

partir de son avènement comme empereur : il met un terme à ses fréquentations douteuses et renvoie dans le même temps la reine Bérénice. Ceci signifie clairement que le renvoi de Bérénice est lié à une conversion de Titus à la vertu, conversion dont Suétone ne met pas la sincérité en doute.

Le personnage créé par Racine

Dans la tragédie de Racine, nous avons une situation diamétralement opposée : c'est l'amour de Bérénice qui a converti Titus à l'amour du bien public et l'a ramené à la vertu, avant même son accession au trône (v. 509-519). Elle pourrait devenir la bonne conseillère du nouvel empereur ; elle aime, elle est aimée et surtout digne d'être aimée par un si grand prince. Mais il existe cette inflexible loi qui interdit à un empereur romain d'épouser une reine étrangère.

Racine, en idéalisant à la fois le Titus et la Bérénice historiques, a voulu exposer, à l'état pur, le conflit de l'amour et du pouvoir, puisque c'est l'accession même au trône qui interdit à l'empereur de garder sa maîtresse. L'écrivain, pour préserver la grandeur et la pureté tragiques, n'a pas voulu introduire dans la décision de Titus des motifs plus conformes à l'histoire. Le véritable Titus, qui effectivement se faisait une haute idée de sa charge, a sans doute procédé, avec le renvoi de Bérénice, à la liquidation d'un passé trouble.

POURQUOI AMOUR ET POUVOIR SONT INCOMPATIBLES

Pour examiner efficacement cette question, il faut bien distinguer les deux ordres de raisons qui soutiennent la décision de Titus. D'une part, des raisons objectives : c'est la loi de Rome, nous l'avons dit, qui empêche l'empereur d'épouser une reine étrangère. D'autre part, des raisons subjectives : Titus invoque à maintes reprises le sentiment de sa « gloire », qui lui interdit de déchoir aux yeux des Romains et à ses propres yeux, en transgressant la loi.

La loi de Rome

Le caractère absolu de l'interdiction qui frappe le mariage de Titus et de Bérénice se trouve longuement exposé par Paulin, dans une tirade qui a visiblement une fonction explicative pour le spectateur (v. 371-419). Il évoque l'exemple de Cléopâtre, reine d'Égypte, dont la figure a pour le spectateur cultivé quelque chose de quasi mythique : elle est l'image même de la princesse orientale séduisante, exigeante et dangereuse ; elle est l'opposé de la rigueur romaine. Or, ni César ni Antoine, amants de Cléopâtre, n'osèrent braver la loi romaine pour l'épouser (v. 391-393). Ce précédent renforce le caractère inflexible de la loi. Le parallèle implicite entre Cléopâtre et Bérénice exprime par lui-même la méfiance que les Romains, par la voix de Paulin, manifestent pour la maîtresse de leur empereur. Sur Titus pèsent à la fois le poids de la loi et celui du passé historique.

Dans la grande scène d'explication avec Bérénice (acte IV, scène 5), Titus va s'appuyer sur la force de cet interdit. Mais, loin de s'y soumettre passivement, il inscrit l'immolation de son amour dans la lignée héroïque des Romains qui sacrifièrent à la loi de Rome ce qu'ils avaient de plus cher (v. 1160-1167). Par là, ce n'est pas sur quelque chose de négatif (une interdiction) qu'il s'appuie, mais sur la valeur, sacrée à Rome, de l'obéissance à la loi. La grandeur de Titus provient de cette intériorisation de la loi, qui le met de plain-pied avec la tradition romaine de la vertu et de l'austérité.

La « gloire »

Le sentiment qu'un héros tragique a de sa « gloire », si important dans le théâtre de Corneille, se rapporte au souci légitime de sa réputation, souci que nourrit un homme qui se sait et se veut grand. Il est en somme fondé sur l'estime de soi, elle-même confortée par l'estime que les autres vous portent.

Il est donc naturel que le souci de sa « gloire », prise dans cette acception, incite Titus à sacrifier un amour que les Romains condamnent, pour être un empereur admiré de ses sujets. Quand on est empereur, la gloire est une exigence de tous les jours, un appel permanent à la grandeur sous le regard d'autrui. C'est le sens du vers fameux (1394) : « Ma gloire inexorable à toute heure me suit. »

Mais c'est aussi le sentiment de la gloire (à venir) qui doit « soutenir » les amants, c'est-à-dire atténuer le chagrin de leur séparation : « Que la gloire du moins soutienne nos douleurs » (v. 1058),.dit Titus à Bérénice, parlant d'ailleurs plutôt pour lui que pour elle.

Il est frappant que ce sentiment si romain soit incompris de l'étrangère Bérénice, qui n'y voit que l'orgueil d'un souverain égoïste : « Hé bien ! régnez, cruel, contentez votre gloire » (v. 1103).

Finalement, l'exigence de gloire et l'impératif de la loi, la raison subjective et la raison objective sont indissociables : la « gloire » résultera de l'obéissance à la loi, contre les faiblesses du cœur.

LA TRAGÉDIE DE TITUS

Le dilemme[1] tragique

Toutefois, pour que la situation de Titus soit véritablement tragique, il faut que le héros ait le sentiment de ne pouvoir sans déchirement intérieur renoncer ni à l'amour ni au pouvoir. Si Titus jugeait en toute froideur le pouvoir et la « gloire » préférables à l'amour, il est clair qu'il n'y aurait pas de tragédie. D'ailleurs, Racine n'a pas placé Titus dans une situation de délibération sur le choix à effectuer : il y aurait là quelque chose de trop intellectuel. Quand la tragédie commence, Titus a choisi, la raison semble avoir parlé.

Mais il reste à annoncer ce choix à Bérénice, et c'est là que le tragique s'installe : Titus, en effet, se trouve confronté à tout le contenu existentiel d'une décision qui jusque-là n'était que théorique. Ainsi s'expliquent, lors de sa première confrontation avec Bérénice, l'impossibilité

1. Dilemme : choix à effectuer entre deux options opposées et incompatibles.

où il se trouve de se justifier, les mots sans suite qu'il balbutie (v. 623). L'émotion, due à la présence de la femme aimée, paraît devoir l'emporter sur la raison. Il y a plus grave, et qui est proprement tragique (acte V, scène 6) : Titus, après avoir annoncé sa décision à Bérénice, est accablé lui-même par la souffrance qu'il lui inflige. Il n'aperçoit que le suicide (v. 1389-1390) pour échapper à la fois à la douleur du cœur (s'il renvoie Bérénice) et à l'humiliation de sa « gloire » (s'il la garde près de lui).

Nous touchons là au tragique pur, défini par le dilemme entre deux valeurs : la mort s'impose au héros comme ultime recours, pour échapper au choix crucial qui le déchire. Certains s'étonneront de la tentation que la mort exerce sur Titus, car le suicide peut passer pour une fuite, une manifestation de faiblesse qui ne grandirait pas le monarque soucieux de sa « gloire ». Racine a prévenu cette objection : Titus se réclame, là encore, de la tradition romaine selon laquelle le suicide n'est pas une démission, mais une preuve de courage et une affirmation de la liberté humaine (v. 1407-1414).

Le sacrifice de Titus

Il reste à saisir ce qui fait l'originalité de Racine dans le traitement de ce conflit, en lui-même bien banal, entre le pouvoir et l'amour. Observons d'abord ceci qui fait toute la profondeur du personnage de Titus : nous ne sommes pas en présence d'un homme épris du pouvoir ou des honneurs qu'il confère. C'est Paulin qui, non sans flatterie, se complaît à célébrer la gloire universelle qui attend l'empereur renonçant à l'amour (v. 491-498) ; mais précisément, Titus est insensible à cette gloire toute extérieure, inférieure selon lui à celle qui résulte de la volonté personnelle et de la vertu.

On apprend que les sénateurs, les consuls et le peuple romain se pressent pour acclamer la décision du nouvel empereur (v. 1241-1244). Or, dans son ultime tête-à-tête avec Bérénice, Titus paraît encore indécis (v. 1376-1380) et songe à mourir. On ne saurait mieux illustrer le décalage entre la figure officielle de l'empereur et celle de l'homme privé ; précisément, tout le drame de Titus vient de ce qu'il n'a plus le droit d'être cet homme privé, et qu'il lui faut être désormais entièrement et uniquement l'empereur de Rome.

Analysons le vers célèbre 1226 où Titus exprime son déchirement :

> Pourquoi suis-je empereur ? Pourquoi suis-je amoureux ?

La double interrogation porte sur ce que Titus *est* à la fois, objectivement : empereur *et* amoureux de Bérénice. Il n'est pas plus l'un que l'autre, il reconnaît son être dans ces deux figures. Or, l'une exclut absolument l'autre. D'autre part, Titus, fils de l'empereur Vespasien, n'a bien entendu pas choisi d'accéder au pouvoir suprême, atteint par la seule loi dynastique ; et l'on ne choisit pas davantage d'être amoureux. La fatalité, force tragique, est donc en dernière analyse à l'origine du dilemme de Titus, et ce dilemme tire son originalité d'exiger d'un homme le sacrifice de tout son être privé et intime.

TITUS ET LA PSYCHOCRITIQUE

Dès l'époque de Racine, certains esprits critiques ou malveillants ont souligné à quel point le Titus de Racine manquait de caractère et d'autorité, pour un empereur : ne lui aurait-il pas été facile de faire taire l'opposition du Sénat à son mariage ? A l'époque impériale, l'antique loi (datant de l'époque républicaine)[1] qui proscrivait l'union entre un chef d'état romain et une reine étrangère était-elle encore impossible à transgresser ? Au fond, aimait-il vraiment Bérénice ? Cette même question, destinée au XVIIe siècle à prouver une prétendue faiblesse de la pièce, la critique contemporaine se l'est également posée ; mais les enseignements de la psychanalyse l'ont évidemment déplacée sur le terrain de l'inconscient.

---

1. Le régime républicain avait succédé à la royauté en 510 av. J.-C. La législation était farouchement anti-monarchique et visait à prévenir tout retour de ce régime.

Les mauvaises raisons de Titus

Dans un ouvrage capital pour la critique racinienne, *L'Inconscient dans l'œuvre et la vie de Jean Racine* (1957), Charles Mauron tente une lecture psychanalytique (dite psychocritique) de chaque tragédie de Racine. Voici un aperçu de son interprétation de *Bérénice*.

Le critique observe d'abord combien sont faibles les raisons que donne Titus pour renvoyer Bérénice (déjà, les contemporains de Racine l'avaient remarqué). Titus, par exemple, feint de se soumettre à la volonté du peuple et du Sénat. Or, l'empereur de Rome a un pouvoir pratiquement illimité : il pourrait fort bien imposer son mariage, et tous s'inclineraient. Paulin lui-même va dans ce sens lorsqu'il dit :

> Vous pouvez tout. Aimez, cessez d'être amoureux.
> La Cour sera toujours du parti de vos vœux.
>
> (v. 349-350).

Selon Charles Mauron, Titus pourrait aussi accepter le compromis : ne pas épouser Bérénice, mais la garder comme favorite, ce que d'ailleurs elle lui suggère elle-même par périphrase (v. 1126-1129). Titus répond que dès lors il devrait sans cesse se défier de sa « faiblesse », « retenir [ses] pas » qui l'entraîneraient trop souvent vers sa maîtresse (v. 1130-1136), et le compromettraient aux yeux de la Cour. Réponse en effet assez peu convaincante : on a en fait le sentiment que Titus craint de trop s'attacher à Bérénice, ou que Bérénice s'attache trop à lui ; cela n'exclut pas qu'il soit sincère, mais au niveau *inconscient,* il désire – selon la psychocritique – se séparer de sa maîtresse, ce qui explique la médiocre crédibilité des raisons politiques et morales qu'il invoque.

Titus, un antihéros ?

Reste à analyser ou plutôt à « psychanalyser » le personnage de Titus. Charles Mauron propose alors le schéma suivant :

– Bérénice représente inconsciemment pour Titus le désir coupable. Obscurément, Titus a honte de sa maîtresse. On pourrait étayer cette thèse en observant que le Titus historique a réellement, avec le renvoi de Bérénice, liquidé un

encombrant passé libertin. Le personnage idéalisé par Racine garde (peut-être dans l'inconscient de Racine lui-même !) quelque chose de ses origines historiques. Plus âgée que Titus, la Bérénice historique, et dans une certaine mesure la Bérénice de Racine, symbolisent aussi la fixation à la mère, stade que l'homme jeune doit dépasser pour devenir adulte (cf. ci-dessous, p. 42).
– Rome, le Sénat (par la voix de Paulin) représentent le « Surmoi »de Titus, c'est-à-dire l'idéal auquel la personne (le « Moi ») se soumet. Nous avons observé que Titus paraît, au cours de la pièce, intérioriser la loi de Rome, ce qui, psychanalytiquement, revient à intégrer le « Surmoi » au « Moi ».
– Or, insiste le critique, ce processus conforte le narcissisme qui caractérise Titus : il croit accomplir un acte courageux et noble en sacrifiant son amour, alors qu'en réalité cet amour est déjà presque éteint. Titus pare sa liquidation sentimentale des couleurs flatteuses de l'idéal romain.

Conclusion proposée par Charles Mauron : « Titus, sincèrement, feint d'être cornélien », mais « nous voyons transparaître un antihéros racinien, infidèle, ingrat, narcissique ». Il faut entendre par là que Titus croit (en se mentant à lui-même) sacrifier héroïquement, comme un personnage de Corneille, son amour à l'intérêt supérieur de la patrie, mais que la lecture psychanalytique met au jour un personnage plus égoïste que glorieux, désirant au fond se défaire de Bérénice, comme Néron d'Agrippine dans *Britannicus,* ou Pyrrhus d'Hermione dans *Andromaque.*

L'interprétation de Charles Mauron n'est donc pas à considérer isolément, à propos de la seule tragédie de *Bérénice,* mais dans la lecture d'ensemble des pièces de Racine que ce critique propose. Elle aiguise la perspicacité du lecteur, en l'invitant à envisager la part d'implicite et de réserves que contient le discours d'un Titus idéalisé par son créateur.

6 Bérénice

Bérénice est le personnage éponyme[1] de la pièce : toutefois elle n'en est pas le personnage central, comme on l'a vu précédemment, puisque ce n'est pas en elle qu'existe le conflit[2] entre le pouvoir et l'amour. Mais elle est au cœur de ce conflit.

Racine a pris un personnage féminin un peu méconnu de l'Histoire. Il l'a transformé en une grande amoureuse. Mais Bérénice apparaît aussi comme une femme possessive.

BÉRÉNICE ET L'HISTOIRE

Le personnage historique

Plusieurs personnages féminins, signalés par différents historiens et appartenant à la famille royale de Palestine ont porté le nom de Bérénice. Titus, fils de l'empereur Vespasien, rencontre une reine de ce nom lorsqu'en 67, il vient rejoindre son père en Orient. Il a alors vingt-six ans, Bérénice trente-huit ans et un assez lourd passé : plusieurs maris, probablement associés à des calculs politiques, peut-être des relations incestueuses avec son frère Agrippa. La liaison avec Titus, commencée en Orient, se prolongera à Rome. Bérénice s'y installera en effet définitivement en 75, en compagnie, dit-on, de son frère Agrippa.

Lorsqu'à la mort de Vespasien en 79, Titus se sépare d'elle après douze ans, elle est une vieille maîtresse d'une cinquantaine d'années. La durée de la liaison, les intérêts poli-

1. Éponyme : qui donne son nom à.
2. Cf. chapitre précédent : Titus, p. 31.

tiques aussi peut-être, rendent la séparation difficile à Bérénice. L'historien romain Suétone lui attribue d'ailleurs l'adjectif « *invitam* » (malgré elle) juste après avoir utilisé « *invitus* » pour Titus[1].

Précisément, pour *Bérénice,* Racine s'est inspiré de la vie de Titus écrite par Suétone. Quelques lignes seulement y sont consacrées à Bérénice, en particulier celles où Suétone associe implicitement Bérénice aux débauches de Titus : « On en pensait autant de ses mœurs, à cause de ses hordes de mignons et d'eunuques et aussi en raison de son amour connu de tous pour la reine Bérénice à qui même, dit-on, il avait promis le mariage.» Racine a gommé cet aspect du personnage de Bérénice. Il en a fait une femme d'une haute élévation morale qui exerce une grande influence sur Titus (v. 516-518). Il en a fait une grande amoureuse. C'est pourquoi la séparation entre elle et Titus prend un caractère si dramatique.

Le caractère dramatique de cette séparation pouvait, en outre, pour le spectateur de 1670, s'enrichir du souvenir de la séparation, une dizaine d'années auparavant, de Louis XIV et de Marie Mancini.

Bérénice et Marie Mancini

On a parfois fait de *Bérénice* une pièce à clefs où Titus serait Louis XIV et Bérénice Marie Mancini : on se rappelle que Louis XIV, pourtant passionnément amoureux d'elle, avait dû renoncer à l'épouser puisqu'on lui imposait le mariage avec l'infante d'Espagne ; une telle interprétation, très limitative, de la pièce de Racine est peu plausible. Toutefois, le souvenir de cette royale histoire d'amour et de pouvoir était encore présent dans les esprits. Les spectateurs pouvaient donc projeter sur les deux personnages littéraires des caractères empruntés à l'époque même du XVIIe siècle.

Dans ce sens, Bérénice a pu bénéficier de l'extrême jeunesse de Marie Mancini, puisque Racine reste totalement discret sur l'âge de ses personnages ; la pureté et la séduction de Bérénice s'en trouvaient ainsi renforcées.

---

1. Voir ci-dessus p. 31 le texte de Suétone.

Il est probable que certains spectateurs de 1670 ont fait un rapprochement entre Marie Mancini et Bérénice : cette dernière ressemblait alors pour eux à Marie Mancini, et une telle ressemblance s'accordait au personnage de Bérénice tel que Racine l'avait transformé.

UNE GRANDE AMOUREUSE

Telle que Racine la fait apparaître dans sa pièce, Bérénice est exclusivement une femme amoureuse. A plusieurs reprises, elle souligne à ses différents interlocuteurs combien le pouvoir politique et la possession d'États lui sont indifférents. Elle le rappelle à Titus une dernière fois au moment même de le quitter :

> Mon cœur vous est connu, Seigneur, et je puis dire
> Qu'on ne l'a jamais vu soupirer pour l'empire.
>
> (v. 1475-1476).

Seul l'amour l'intéresse et l'habite totalement au point qu'elle utilise parfois le verbe aimer absolument[1] comme si l'état amoureux était pour elle plus vital encore que l'homme lui-même dont elle est amoureuse :

> J'aimais, Seigneur, j'aimais, je voulais être aimée.
>
> (v. 1479).

Elle vit entièrement dans le monde de l'affectivité qui seul la comble ; contrairement à ce qui se passe pour d'autres personnages raciniens, chez elle la passion est sûre d'elle-même et sans culpabilité.

En tout cas, elle a toujours vu en Titus un être aussi simple qu'elle, – comme on parle en chimie d'un corps simple – uniquement constitué de la dimension affective ; c'est cet être seul qu'elle aime :

> [...] moi dont l'ardeur extrême,
> Je vous l'ai dit cent fois, n'aime en lui que lui même ;
>
> (v. 159-160).

---

1. Employer un verbe absolument : l'employer sans complément d'objet direct.

Lorsqu'elle a vu Titus pour la première fois, il lui est apparu comme un guerrier au service de la politique romaine (v.195-196). Elle savait donc bien qui il était et c'est ainsi qu'il lui a plu.

Pourtant, cette image de Titus s'est complètement effacée aux yeux de Bérénice pendant toute la durée de son séjour à Rome. Elle n'a vu alors en lui que l'amoureux. Mais Titus est devenu empereur à la mort de Vespasien ; cette dimension politique du personnage est pour Bérénice incompatible avec la nature exclusive de ses propres sentiments. Puisqu'elle est seulement une amoureuse, tout ce qui est extérieur à son amour s'impose à elle contre sa volonté. La pureté de ses sentiments la place donc en position de victime et en fait un personnage tragique à part entière.

UNE FIGURE DE FEMME POSSESSIVE

Une figure maternelle excessive

Laissons de côté la différence d'âge puisqu'elle n'apparaît pas en tant que telle dans le texte de Racine. Toutefois, nous avons appris que Bérénice a présidé à l'élévation morale de Titus, comme une mère pourrait le faire avec son fils. L'hémistiche[1]: « Je lui dois tout, Paulin » (v. 519), marque d'ailleurs de la part de Titus une gratitude quasi filiale. Il peut suggérer aussi le sentiment de dépendance que Titus éprouve. Ce sentiment est confirmé quelques vers plus loin (v. 541-544). Dans ces vers, Titus résume l'attitude amoureuse de Bérénice par l'expression : «[...] tout ce qu'amour a de nœuds plus puissants » ; puis il énumère ce que contient ce « tout » ; il y inclut les « reproches » et la « crainte », teintant ainsi cet amour sublime d'un caractère parfois pesant.

« Je trouve tout en elle » conclut-il, mais ce « tout » ne serait-il pas parfois « trop » , comme le dit Bérénice elle-même au vers 634 et surtout au vers 1318 :

> Hélas ! et qu'ai-je fait que de vous trop aimer ?

1. Hémistiche : moitié d'un vers.

Une amante autoritaire

D'autre part, si l'on analyse d'un peu près les apparitions de Bérénice et l'économie de certaines scènes, on constate que dans cette situation où Titus lui échappe, elle cherche constamment à reprendre le dessus sur lui. C'est elle qui cherche à le voir et provoque les rencontres (cf. acte II, scène 3 ou acte IV, scène 5). Au début des scènes où elle rencontre effectivement Titus (acte II, scène 4 et acte IV, scène 5), elle s'approprie la parole. La scène 4 de l'acte II est de ce point de vue la plus caractéristique avec sa longue tirade initiale : la seconde moitié se constitue presque exclusivement de questions pressantes auxquelles, en fait, Titus n'a jamais le temps de répondre. Accaparant ainsi la parole, elle empêche Titus de parler. Redoutant peut-être ce qu'il a à lui dire, elle lui impose en fait le silence, comme elle l'avait fait pour Antiochus cinq ans auparavant. Elle avait alors en effet imposé le silence à Antiochus quand il voulait lui parler de son amour (v. 24). Elle écoute donc les deux hommes qui sont amoureux d'elle seulement quand elle le veut bien.

Ainsi, de temps en temps, la tendre amante s'efface. Apparaît alors une femme beaucoup plus proche d'Hermione ou de Phèdre, surtout quand elle déverse sur Antiochus ou Titus des reproches injustifiés ou violents.

Par ailleurs, la menace de son suicide est certes l'expression légitime de sa vive douleur. Mais elle peut aussi être interprétée comme un moyen de chantage pur et simple sur Titus.

La dernière scène de la pièce : l'autorité de Bérénice confirmée

Peu à peu, Antiochus et Titus se sont émancipés de l'influence de Bérénice. Le premier lui a reparlé de son amour et a ainsi transgressé la loi du silence qu'elle lui avait imposée (acte I, scène 4). Le second a pris enfin la parole en sa présence (acte V, scène 6) pour lui faire « un aveu véritable ».

Toutefois, on peut déceler un dernier sursaut d'autorité. La pièce se termine certes par le mot « Hélas » d'Antiochus.

Mais il y a, juste avant, une tirade très construite de Bérénice qui s'adresse successivement à Titus puis à Antiochus. On voit alors que Bérénice ne peut quitter la scène sans avoir repris la parole qui lui avait échappé. Grâce à cela, elle restaure une relation d'autorité qui s'était décomposée : on notera ainsi le nombre des impératifs adressés à Antiochus et le caractère net et tranché de ses derniers vers.

Avec Titus, en outre, le langage de Bérénice introduit d'étonnants renversements de situation. Alors même que dans la scène 5 de l'acte IV, Titus affirmait sa volonté de régner, le règne de Titus devient, dans la bouche de Bérénice, un effet de sa volonté à elle : « Régnez » lui dit-elle, comme si c'était elle qui le sacrait. D'autre part, au vers 1500, elle fait allusion à son propre départ :

> Je l'aime, je le fuis ; Titus m'aime, il me quitte.

Le premier hémistiche à la première personne : « Je l'aime, je le fuis », suggère que cette décision émane d'elle et le parallélisme du second hémistiche laisse entendre que l'attitude de Titus serait la conséquence de sa propre décision. Elle donne donc par ses propos l'impression d'avoir pris elle-même les initiatives. Elle prend d'ailleurs l'initiative de sortir la première de scène. Ce faisant, elle soulage certes Titus de sa culpabilité ; mais elle le prive aussi de la responsabilité de ses actes, c'est-à-dire de sa maturité et de sa liberté.

On comprend alors pourquoi Charles Mauron[1] parle d'elle comme de : « la femme possessive dont on redoute l'emprise » et n'hésite pas à la rapprocher d'un personnage comme Agrippine. Dans *Britannicus,* Agrippine est la mère monstrueuse de Néron ; pour devenir adulte, Néron doit à tout prix se libérer d'elle. Titus, pour devenir un empereur au sens plein du terme, doit lui aussi se libérer d'une femme, sa maîtresse Bérénice.

De manière un peu mythique[2], le Titus historique est resté dans les mémoires comme « les délices du genre

---

1. Charles Mauron : *L'inconscient dans l'œuvre et la vie de Jean Racine.*
2. Mythique : ici, amplifié par l'imagination collective et la tradition.

humain »[1], c'est-à-dire comme un empereur exceptionnellement bon. Racine ne pouvait donc placer à ses côtés qu'une femme à sa mesure. Il a fait de Bérénice une femme aux dimensions affectives et psychologiques exceptionnelles. Elle est une amoureuse parfaite, une femme hors du commun. Elle forme ainsi avec Titus un couple idéal[2], mais menacé. Or, comme le rappelle Denis de Rougemont dans son ouvrage *L'amour et l'Occident*, la littérature occidentale a, dès ses débuts, glorifié l'amour-passion malheureux. C'est, écrit-il : « tout ce qu'il y a de populaire, tout ce qu'il y a d'universellement émouvant dans nos littératures. »

En écrivant *Bérénice*, Racine s'est inscrit dans cette tradition occidentale des grandes histoires d'amour. Ceci explique comment Bérénice, un personnage historique initialement assez peu connu du grand public, a, par la grâce de la création littéraire, acquis elle aussi au fil des siècles une telle dimension mythique[3].

---

1. Suétone.
2. Idéal : ici, que l'on se représente comme un modèle absolu.
3. Mythique : ici, amplifié par l'imagination collective et la tradition.

7 Rome et l'Orient

Nous nous proposons de préciser d'abord l'opposition entre Rome et l'Orient dans le contexte historique où s'inscrit notre tragédie. Nous examinerons ensuite quelles oppositions thématiques recouvre l'opposition entre Rome et l'Orient. Pour confirmer nos analyse, nous observerons, dans le texte même, quelles valeurs sémantiques[1] prennent les termes « Rome » et « l'Orient ».

ROME ET LES ROYAUMES ORIENTAUX

En ce premier siècle après Jésus-Christ, Rome a étendu ses conquêtes jusqu'au Moyen-Orient. Des pays ainsi soumis, elle a fait des provinces de l'Empire romain, mais a quelquefois maintenu sur leurs trônes des rois qui se montraient complaisants à sa domination. Tel était le sort réservé aux souverains du royaume de Palestine et de Judée.

La Bérénice historique, épouse d'Agrippa, qui détenait la couronne de Palestine et de Judée, devint souveraine après la mort de son époux. Mais, fait important, elle ne tenait son pouvoir – surtout symbolique d'ailleurs – que de Rome, c'est-à-dire de Titus. Antiochus, roi de Comagène, petit état au nord de la Syrie, se trouvait dans la même situation. On peut observer que cette dépendance politique n'est jamais explicite dans *Bérénice* : sans doute, Racine a-t-il voulu exclure ce rapport de force inégal qui aurait donné quelque chose d'inélégant au renvoi de Bérénice par l'empereur. Mais cette dépendance resurgit sur le plan psychologique : le bonheur de Bérénice, et par réaction, l'espoir ou le désespoir d'Antiochus, sont suspendus à la décision de Titus.

1. Valeur *sémantique* d'un mot : ensemble des significations que peut prendre ce mot, en soi ou dans un contexte donné.

ROME ET LA JUDÉE

Titus et la reine Bérénice se sont rencontrés lorsque Titus, qui n'était pas encore empereur, est venu écraser la rébellion populaire des Juifs de Jérusalem contre la domination romaine. Il s'est illustré par son audace, que Racine mentionne (v. 218) ; mais il a également fait preuve d'une cruauté sans égale. Les historiens voient même dans la répression romaine, qui fit plusieurs centaines de milliers de morts, un véritable génocide.

Les vers pleins d'emphase conventionnelle par lesquels Antiochus évoque la victoire de Titus ne le laissent guère soupçonner :

> Il dompta les mutins, reste pâle et sanglant
> Des flammes, de la faim, des fureurs intestines,
> Et laissa leurs remparts cachés sous leurs ruines.
>
> (v. 230-233).

C'est donc sous le signe du vengeur terrible de l'autorité romaine que Titus apparaît dans le royaume de Bérénice. Écoutons encore Antiochus :

> Il parut devant vous dans tout l'éclat d'un homme
> Qui porte entre ses mains la vengeance de Rome.
>
> (v. 195-196).

Ces deux vers peuvent indiquer chez Bérénice un sentiment mélangé, fait d'admiration et d'effroi, face à Titus. Certes, la révolte de Jérusalem menaçait autant la dynastie de Bérénice que le pouvoir romain. Mais, psychologiquement, il n'est pas sans importance pour notre tragédie que l'échec amoureux ait pour arrière-plan historique l'anéantissement d'un peuple par l'amant de Bérénice. Il y a là comme une fatalité de l'impossible alliance de Rome et de l'Orient : la loi romaine triomphe toujours des forces de l'amour (Bérénice) comme des forces spirituelles (la liberté religieuse des Juifs de Jérusalem).

Nous pouvons encore observer un indice net de la mainmise de Rome sur l'Orient à travers notre tragédie : Titus manifeste sa générosité envers Bérénice et Antiochus en agrandissant leurs royaumes respectifs par l'ajout de provinces déjà sujettes de Rome (pour Bérénice, v. 173-177 ;

pour Antiochus, v. 763). Titus agit bien comme le maître de l'Orient, faisant ou défaisant à son gré les frontières des États.

ROME / L'ORIENT : UN SYSTÈME D'OPPOSITIONS

Il convient d'observer que Racine a fait entrer « Rome » et « l'Orient » dans un système d'oppositions internes. C'est-à-dire qu'il a chargé ce couple antithétique d'oppositions de thèmes importants dans notre tragédie. Nous pouvons synthétiser nos remarques dans les trois formules suivantes.

– *Le destin amoureux des personnages naît en Orient et meurt à Rome*

L'Orient a vu naître l'amour d'Antiochus pour Bérénice (v. 188-190) ; l'Orient a été le théâtre du coup de foudre de Bérénice pour Titus (v. 194). En Orient, l'amour de Bérénice et d'Antiochus eût été possible (v. 192) et, loin du regard de la sévère Rome, celui de Bérénice et de Titus a pu vivre. A Rome, pour des raisons d'État, aura lieu la séparation de Titus et de Bérénice, et, pour d'autres raisons, les espoirs d'Antiochus s'évanouiront.

– *Rome, centre du monde / l'Orient, espace de l'exil*

Dans le drame amoureux de *Bérénice*, comme sur la carte du monde occidental au Ier siècle après J.–C., il y a donc un centre où tout se joue, se tranche : c'est Rome. L'Orient n'est qu'une périphérie, d'où les personnages, d'abord pleins d'espoir, partent pour Rome. Telle Bérénice qui suit triomphalement son amant à Rome (v. 233) ; tel Antiochus dont l'amour tenace le conduit à son tour dans la Ville (v. 240). L'Orient, s'il est lié à l'amour dans le passé de Bérénice et d'Antiochus, est synonyme d'exil et de solitude dans l'avenir qui les attend. Souverains solitaires de leurs grands royaumes, ils ne s'y verront plus et vivront dans la nostalgie – nostalgie de Titus pour Bérénice, nostalgie de Bérénice pour Antiochus. Voilà pourquoi Racine, en grand poète, a chargé d'une mélancolie toute élégiaque (cf. ci-dessous, p. 68) l'évocation de la solitude qui attend Bérénice dans cet Orient qui paraît infiniment éloigné de Rome :

> Dans un mois, dans un an, comment souffrirons-nous,
> Seigneur, que tant de mers me séparent de vous ?
>
> (v. 1113-1114).

– *L'Orient ou la solitude/Rome ou l'impossible solitude*

Si Bérénice est, en Orient, destinée à la solitude, à Rome le malheur de Titus et de Bérénice tient principalement à ce que les amants ne peuvent être seuls : Rome, ou l'intimité interdite à l'amour. Quand la pièce commence, Titus est retenu depuis huits jours loin de sa maîtresse par la pompe officielle des funérailles de Vespasien (v. 153-154). Et déjà le peuple, aux portes du palais, attend impatiemment le départ de Bérénice (v. 1220). La scène 8 de l'acte IV est à cet égard la plus révélatrice : le nouvel empereur ne dispose pas d'une minute pour passer dans l'appartement de Bérénice au désespoir ; le palais est comme assiégé par les tribuns, les consuls, et tous les personnages qui réclament l'empereur et exigent le renvoi de sa maîtresse (v. 1241). Rome est comme une rivale de Bérénice, rivale exigeante dont le nom est présent dans toutes les tirades de Titus, et qui interdit le bonheur privé de son empereur !

ÉTUDE SÉMANTIQUE : L'ORIENT/ROME DANS « BÉRÉNICE »

Pour confirmer les oppositions déjà dégagées, nous étudierons (schématiquement) les sens que les termes « l'Orient » et « Rome » prennent dans *Bérénice.*

Encore faut-il distinguer la *dénotation* et la *connotation* : rappelons que la dénotation d'un terme est à peu près l'équivalent de sa signification objective, et que sa connotation est constituée par les échos ou les suggestions que le terme éveille, dans tel ou tel contexte ; les connotations varient évidemment selon l'époque et les habitudes culturelles du lecteur (ou de l'auditeur).

– *« L'Orient »*

Que dénote ce terme ? Un espace géographique vague, qui englobe à la fois la Palestine de Bérénice et la Comagène (Syrie) d'Antiochus. Si maintenant nous songeons aux connotations qu'éveille le terme dans l'esprit d'un spectateur du XVIIe siècle, nous sommes frappés par leur richesse. En effet, « l'Orient » connote à la fois l'« ailleurs », l'exotisme, l'espace où les lois et les mœurs, et surtout les mœurs amoureuses, s'opposent à celles de l'Europe : intrigues, cruautés passionnelles et vengeances féminines dans l'ombre du sérail, c'est là exactement l'atmosphère de la tragédie de *Bajazet,* que Racine composera immédiatement après *Bérénice.* On comprend mieux, dans ces conditions à quel point le terme de « Rome » est synonyme de raison et de triomphe sur la passion.

– *« Rome »*

Ici, notre attention doit se porter sur les dénotations, qui sont diverses, car Racine a employé le terme avec des valeurs sémantiques différentes. Évidemment, « Rome » peut renvoyer à la ville de Rome et avoir, comme « l'Orient », un sens spatial. Mais, beaucoup plus souvent, le terme signifie « les Romains », et plus précisément, « l'opinion publique romaine » (par exemple, v.1013 : « Rome sera pour nous », s'écrie Titus). Il peut également signifier « l'État romain » (v. 604) ou la tradition romaine (v. 377-378). Remarquable est d'autre part le fait que le terme apparaît fréquemment en fonction grammaticale de sujet : dans le grand monologue de Titus (v. 987-1040), « Rome » est six fois sujet grammatical ! Tout ceci montre qu'à la différence de l'Orient, Rome est ici une force, un personnage collectif, qui hante l'esprit de Titus et pèse sur sa décision.

Les connotations du terme pour un homme cultivé du XVIIe siècle, nourri de culture latine, évoquent le droit et l'ordre, piliers de la Rome antique. « Rome » représente par excellence la civilisation qui a inventé l'État et la raison d'État : autant de valeurs qui s'opposent à l'Orient passionnel de Bérénice, agité par les séditions politiques, théâtre de la passion amoureuse (réprouvée par Rome) unissant un futur empereur romain et une reine de Palestine.

8 Le temps dans Bérénice

Lorsque *Bérénice* commence, Titus est devenu empereur après la mort de Vespasien huit jours auparavant. Il a déjà pris la décision de quitter Bérénice. Il doit la lui annoncer et la lui faire accepter. Ceci constitue l'action à laquelle on assiste pendant la durée de la pièce. Elle est donc dépendante de la période de huit jours qui a précédé le début de la pièce. Or cette période constitue elle-même une rupture par rapport à la période des cinq années précédentes au cours de laquelle Bérénice et Titus ont vécu, dans l'ombre de l'empereur Vespasien, un amour innocent et apparemment sans nuages.

Le présent, tel qu'il se noue sous nos yeux dans la pièce, est donc le point d'aboutissement de deux moments-clés du passé, fréquemment évoqués au cours des différents actes.

– D'une part, pour les principaux personnages, le moment où ils sont tombés amoureux (Antiochus de Bérénice, Bérénice et Titus l'un de l'autre), et les cinq années qui ont suivi. Ils ont vécu alors le temps à leur manière : ils espéraient voir durer éternellement et dans toute son intensité l'instant de leur rencontre. Mais cet espoir était illusoire.

– D'autre part, la mort de Vespasien et ses conséquences. Elle va rappeler cruellement les personnages à la réalité. Pendant la durée de la pièce, ils doivent ainsi admettre le poids du passé et regarder lucidement le futur.

AVANT LA MORT DE VESPASIEN

Pendant la durée de la pièce, il est très difficile pour les personnages de mettre en application la décision de rupture qu'a prise Titus. En effet, ils n'ont pas envie de voir cesser la longue période de cinq ans qui a précédé la mort de Vespasien.

Le moment de l'éblouissement amoureux

Pour chacun des trois personnages principaux de la pièce, l'amour est né il y a déjà longtemps (cinq ans pour Titus et Bérénice et un peu plus pour Antiochus) de l'éblouissement d'un instant. Antiochus l'évoque, lui, en un vocabulaire encore bien marqué par la préciosité (v. 190). La brièveté et, corrélativement, l'intensité du moment où les regards de Titus et Bérénice se sont croisés et où est né leur amour s'expriment le plus souvent par des verbes au passé simple. Ils constituent le plus souvent à eux seuls une proposition ou une phrase occupant un hémistiche : « Bérénice me plut » (v. 509) ; « Je l'aimais ; je lui plus » (v. 531) : à l'instantanéité de l'évidence amoureuse correspond la simplicité syntaxique.

En un moment, pour les deux personnages, l'univers entier s'est résumé à eux seuls ; chacun, ébloui par l'éclat de l'autre, devient aveugle et sourd au reste de l'univers. C'est surtout le cas de Bérénice lorsque lui est apparu Titus, comme se le rappelle encore Antiochus :

> Titus, pour mon malheur, vint, vous vit et vous plut.
>
> (v. 194).

En un moment, le couple existe et par lui chacun des deux amants acquiert sa propre plénitude : ils voient, ils aiment, ils sont. La corrélation de ces trois données est sans cesse rappelée au long de la pièce. Donc, puisque les amants se sentent exister quand ils se voient, il y a une nécessité vitale à faire durer le regard. On constate ainsi que les amoureux ont une manière particulière de vivre le temps.

Les caractéristiques du temps amoureux

Au moment même où il naît, l'amour est accompli, il atteint immédiatement la perfection. Il n'a nul besoin d'une maturation, d'un approfondissement qui nécessiteraient une durée supplémentaire. Mais puisque désormais voir c'est aimer, et aimer comme on a aimé dans le premier instant, il s'agit d'inscrire cet instant, par nature éphémère, dans la durée. On croit y réussir en le répétant : ainsi pendant cinq ans, le temps de Titus et de Bérénice s'est constitué d'une succession de rencontres, qui ont été la répétition de leur première rencontre, comme le montrent les vers 545-546 :

> Depuis cinq ans entiers chaque jour je la vois,
> Et crois toujours la voir pour la première fois.

C'est un temps à caractère rituel, temps de la célébration, non évolutif, immobile, voire même stérile : rien de nouveau en effet ne peut naître de la répétition. D'ailleurs, si la répétition cessait, elle ferait place au néant ; c'est pourquoi le futur lui-même ne peut être conçu que comme identique au présent et au passé : l'impossibilité de concevoir un autre futur est d'ailleurs soulignée par l'utilisation d'une tournure interrogative sans réponse du vers 1113 au vers 1117 :

> Dans un mois, dans un an comment souffrirons-nous,
> [...]
> Sans que de tout le jour je puisse voir Titus ?

On comprend pourquoi un des champs lexicaux dominants du texte est celui de l'éternité : l'adverbe « toujours » parfois relayé par « sans cesse » devient une sorte d'attribut inamovible du verbe « aimer ». Seul le « jamais », qui n'est finalement que la version négative du « toujours », vient parfois s'y substituer.

Les amants se sont créé un temps qui leur est propre, ils se sont abstraits des catégories habituelles du passé, du présent et du futur ; en conséquence, ils se sont placés à l'écart de l'événement, qui modifie le cours des choses humaines : ce faisant, ils se sont en fait placés dans un temps illusoire qu'il leur faut maintenir coûte que coûte.

L'illusion du temps amoureux

Certes pour les amants le temps devrait pouvoir se résumer à la somme de leurs rencontres. Celles-ci seraient si intenses qu'ils ne sentiraient même plus les intervalles entre elles. Leur amour aurait la continuité désirée (puisque, comme le dit Bérénice, il doit « unir tous nos moments », v. 1106).

Pourtant leur amour n'a pas un tel pouvoir. On sent régulièrement la puissance et le poids des moments où les personnages vivent sans la présence de l'être aimé.

Ainsi, par exemple, une grande partie de la vie de Bérénice s'est en fait passée dans une attente assez pénible pour lui faire verser bien des larmes : Titus en témoigne, des vers 535 à 540, en particulier au vers 539 : « Je la revois bientôt de pleurs toute trempée.»

De même Antiochus, autre figure d'amoureux fidèle, a passé trois ans dans Rome à attendre Bérénice en silence et en souffrant. Parfois certes, on réussit à donner un contenu à cette attente, à l'emplir d'un espoir qui lui donne sens. Ainsi Antiochus a espéré voir Titus disparaître de la vie de Bérénice (v. 41-42) et Bérénice n'a cessé d'espérer que Titus l'épouserait à la mort de Vespasien. Quant à Titus, il déclare, au vers 1092 :«[...] j'espérais l'impossible ». Espérer c'est alors faire du moment où l'on attend un trait d'union intense entre la rencontre précédente et la suivante. Pourtant, on sait que ce rôle attribué à l'espoir est le plus souvent trompeur. Le vers 245 que prononce Antiochus résume, on ne peut mieux, cette situation :

> Mais toujours quelque espoir flattait mes déplaisirs.

Certes, Antiochus n'est pas aimé de Bérénice. Mais ses rencontres avec Bérénice le comblaient comme Bérénice, elle, était comblée par ses rencontres avec Titus. Aussi l'espoir jouait un rôle presque identique pour l'un et l'autre.

Ils ont donc continué à se laisser « flatter » par l'illusion d'un bonheur amoureux durable. Ils disposaient en outre pour cela de la parole, qui dilate à l'infini le moment amoureux. Ainsi, Bérénice a sans cesse le nom de Titus sur les lèvres (v. 276). Et parler de lui, c'est presque le rendre effectivement et durablement présent (v. 271-272). De ce point de vue, l'hypotypose[1] célèbre des vers 300 à 316 est un moment où le pouvoir de la parole est des plus manifestes. Au vers 301, Bérénice évoque à Phénice la splendeur de la nuit passée. Elle utilise donc un passé composé :

> De cette nuit, Phénice, as-tu vu la splendeur ?

Or, juste après, au vers 302, elle utilise le présent :

---

1. Hypotypose : évocation vivante, en particulier du passé, par l'intermédiaire d'un verbe de vision. On crée ainsi une véritable image.

Tes yeux ne sont-ils pas tous pleins de sa grandeur ?

C'est alors comme si Titus était effectivement sous leurs yeux ; et par l'accumulation des démonstratifs aux vers suivants (303-305), elle nous fait en quelque sorte assister en direct à la cérémonie qui a fait de Titus un empereur.

En tout cas, de rencontres en attentes, puis d'attentes comblées tant bien que mal en nouvelles rencontres, cinq années ont passé, qui ont confirmé les personnages dans l'illusion que les choses devaient durer éternellement.

Mais huit jours avant le début de la pièce, Vespasien est mort. L'événement a brusquement fait irruption dans la vie de Titus, l'a exilé du temps rêvé et replacé dans le temps réel : avant la mort de son père, il pouvait faire comme si tout son temps était libre pour l'amour :

Mais à peine le Ciel eut rappelé mon père,
[...]
De mon aimable erreur je fus désabusé

(v. 459-461).

APRÈS LA MORT DE VESPASIEN

Comme les vers précédemment cités le rappellent, le temps apporte dans les vies humaines des changements, parfois brutaux et catégoriques, et tient de la sorte les êtres sous son emprise. Ainsi la mort de Vespasien et ses conséquences constituent-elles dans la vie de Titus un moment capital. Il en souligne d'ailleurs le caractère décisif à plusieurs reprises de manière incisive : « Voici le temps enfin [...] », « Voici le temps », « Il en est temps ». C'est le temps du nécessaire changement. Il faut désormais admettre que personne ne se fabrique un temps à part, que tout homme est soumis à son cours normal.

La reconnaissance du passé

Le passé existe, il finit par remonter à la surface et par rappeler des vérités qu'on avait en d'autres temps refusé de voir et d'entendre ; ainsi en est-il de Rome, de son histoire, de ses leçons. Aujourd'hui que Rome s'impose à nouveau au regard de Titus (v. 467), l'amnésie dans laquelle lui et Bérénice s'étaient réfugiés, n'est plus possible :

> [...]   N'es-tu pas dans ces lieux
> Où la haine des rois, avec le lait sucée,
> Par crainte ou par amour ne peut être effacée ?
>
> (v. 1014-1016).

Au contraire, chacun des deux personnages se rappelle très bien qu'au moment de leur première rencontre il connaissait la loi de Rome. Ils savaient tous deux qu'ils devraient un jour y céder. Titus le dit aux vers 1021-1022 et Bérénice aux vers 1065-1066. En plus, cette loi est particulièrement indiscutable puisqu'elle est très ancienne. Sa durée garantit sa valeur. C'est ce que rappelle longuement Paulin à Titus dans la scène 2 de l'acte II. Titus lui-même le rappellera à Bérénice (v. 1158-1168) pour la convaincre.

Désormais donc, le futur ne peut plus ressembler au présent et au passé.

Le futur

Maintenant pour Titus, pour Bérénice, pour Antiochus, regarder lucidement le futur c'est justement admettre qu'il n'y a plus de durée possible, plus de lendemain pour l'état amoureux tel qu'ils l'ont vécu et partagé dans la longue période précédente ; d'où l'abondance des mots ou des expressions qui clôturent le temps, les « adieu » ou les « pour la dernière fois » plusieurs fois répétés. Enfin, au vers final, ils sont prononcés vraiment pour la dernière fois par Bérénice : « Pour la dernière fois, adieu, Seigneur.» Cette fois, le silence est définitivement imposé, l'amour tel qu'on l'a vécu précédemment est terminé. La pièce s'achève.

On fera toutefois une dernière remarque. Si nous avions affaire à des personnages ordinaires, après une telle fin, peu à peu le temps aidant, l'oubli s'installerait. Arsace d'ailleurs ne manque pas de signaler à Antiochus que Bérénice pourrait oublier Titus (v. 942-943). Penser que l'oubli va faire son œuvre pourrait rendre le futur plus facile. Ce serait logique, prévisible et à l'avance apaisant. Mais c'est ce que Bérénice a redouté plus que tout (v. 1480-1481) : elle est en effet consciente de l'érosion que le temps imprime aux sentiments et il est trop désespérant d'ajouter cette pensée insupportable à une situation déjà insupportable. Elle a d'ailleurs cherché à culpabiliser Titus à ce propos (v. 1332), lui reprochant à l'avance le moment où il l'oubliera. Aussi, certes, les personnages vont se quitter « pour jamais », mais pour rendre le futur plus supportable, ils se sont expressément promis qu'ils s'aimeront toujours. Chacun tour à tour le redit à sa manière, Antiochus au vers 1457 :

> Jamais je ne me suis senti plus amoureux,

Titus aux vers 587-588 :

> L'absence ni le temps, je vous le jure encore,
> Ne vous peuvent ravir ce cœur qui vous adore,

et quand Bérénice dans sa tirade finale, offre son sacrifice à Titus comme une preuve d'amour suprême :

> Je crois, depuis cinq ans jusqu'à ce dernier jour,
> Vous avoir assuré d'un véritable amour.
> Ce n'est pas tout, je veux, en ce moment funeste,
> Par un dernier effort couronner tout le reste.
>
> (v. 1489-1493).

Ainsi, le futur, même s'il impose sa loi comme le passé et le présent, est malgré tout une catégorie particulière du temps. En effet, la pensée ne peut rien changer aux faits accomplis et à l'instant présent, mais pour l'avenir, il reste quand même à chacun la perspective de pouvoir, jusqu'à son dernier soupir, se réfugier dans son univers mental. D'où le caractère ambigu d'une fin empreinte de tristesse mais d'une tristesse peut-être en partie apaisée.

9 La dramaturgie

La dramaturgie est l'ensemble des procédés mis en œuvre par un auteur pour construire sa pièce. Au XVIIe siècle, les théoriciens du théâtre (notamment Boileau dans son *Art Poétique*) définirent les exigences de la dramaturgie classique sous le nom de « règles ».

LES EXIGENCES DE LA DRAMATURGIE CLASSIQUE

La vraisemblance

C'est l'exigence principale, dont découlent toutes les autres. Pour être vraisemblable, la pièce ne doit pas présenter quelque aventure extraordinaire et à peine croyable ; l'enchaînement des actions doit d'autre part relever d'une cohérence rigoureuse. Il y a là une réaction contre les excès du théâtre baroque du début du XVIIe siècle qui accumulait les péripéties étonnantes et les coups de théâtre. L'idéal à atteindre pour les théoriciens classiques, celui de la vraisemblance maximale, produirait l'effet suivant : le spectateur aurait le sentiment, non pas d'être au théâtre, mais de voir une action réelle se dérouler devant ses yeux. La fameuse « règle des trois unités » n'est rien d'autre que la formulation de cette exigence de vraisemblance.

L'unité d'action

Elle suppose que l'intérêt de la pièce soit centré sur une seule intrigue (par réaction contre les intrigues foisonnantes et invraisemblables du théâtre baroque). Les intrigues accessoires sont admises, à condition qu'elles se rattachent étroitement à l'intrigue principale, et surtout qu'elles exercent une influence sur cette intrigue principale.

L'unité de temps

Le spectateur ne trouverait pas vraisemblable qu'on lui présente, dans les deux ou trois heures de la représentation, des faits censés s'étendre sur une longue période. Les théoriciens exigent donc que la durée des événements n'excède pas vingt-quatre heures. Mais faire coïncider la durée du représenté et celle de la représentation serait évidemment l'idéal.

L'unité de lieu

Il paraîtrait également invraisemblable au spectateur que la scène transporte son imagination en un grand nombre d'endroits. D'où l'exigence d'un lieu unique pour l'action, puisque le spectateur lui-même est assigné en un lieu unique, la salle du théâtre.

Cette règle des trois unités a été résumée par Boileau, le théoricien du classicisme, dans son *Art poétique*, en deux vers frappants :

> Qu'en un lieu, qu'en un jour, un seul fait accompli,
> Tienne jusqu'à la fin le théâtre rempli.

La bienséance

On ajoute aussi traditionnellement l'exigence de bienséance : les classiques excluent de la tragédie la représentation de la violence physique comme de la violence verbale. Il convient aussi d'évoquer par périphrase seulement ce qui relève du corps, de la sexualité et de la mort. On voit donc qu'il s'agit à la fois d'épurer la tragédie d'effets trop faciles, et d'obéir à la décence dictée par la morale du Grand Siècle.

L'UNITÉ D'ACTION DANS BÉRÉNICE

Dans le chapitre consacré ci-dessus à la structure dramatique (cf. p. 17), nous avons vu que l'action de *Bérénice* se confond avec l'évolution intérieure des personnages. L'unité d'action est donc d'autant plus remarquable qu'aucun événement extérieur ne vient perturber le cheminement psychologique des trois protagonistes.

Il n'y a pas d'avantage d'intrigue dite secondaire. Il est évidemment impossible de considérer comme telle la relation de Bérénice et d'Antiochus. En effet, il est facile de constater que tout ce qu'espère ou entreprend Antiochus est étroitement dépendant du destin qui attend le couple Bérénice-Titus. Si, à l'acte I, Antiochus déclare la permanence de son amour à Bérénice, c'est parce qu'il sait n'avoir plus rien à perdre puisque Titus paraît résolu à épouser la reine. S'il est effondré à la fin de la scène 3 de l'acte III, c'est parce que Bérénice semble le haïr ; or, elle le hait parce qu'il est le messager de sa séparation d'avec Titus. Et si Antiochus avoue à Titus qu'il était son rival, dans la scène finale, ce n'est ni par esprit de revanche ni par orgueil : c'est par désespoir, parce qu'il croit de nouveau possible le mariage de l'empereur et de celle qu'il aime.

Un puissant facteur d'unité réside d'autre part dans le personnage de Bérénice : son évolution psychologique au cours de la pièce constitue un fil directeur. Elle passe de l'espoir à l'inquiétude à l'acte I, de la colère à l'accablement à l'acte III ; elle ne retrouve quelque énergie que dans la tentation du suicide (acte IV, scène 6). Dans la scène finale, elle fait preuve de grandeur sereine dans l'acceptation, et surtout c'est elle qui dicte leur avenir aux deux personnages masculins. On comprend pourquoi Bérénice a donné son nom à une tragédie qui tire d'elle son unité d'action.

L'UNITÉ DE TEMPS

C'est peu d'affirmer que la règle des vingt-quatre heures a été respectée par Racine dans *Bérénice* : l'action représentée ne nécessite pas davantage que quelques heures, de part et d'autre de la mi-journée. A la limite, il est vraisemblable que la durée de l'action puisse se confondre avec la durée de la représentation, c'est-à-dire deux ou trois heures. C'est dire à quel point l'art de Racine produit une impression de naturel, qualité classique entre toutes.

Sobriété des indications temporelles

L'auteur s'est limité à quelques indications temporelles, comme pour montrer avec quelle facilité il applique la règle de l'unité de temps : les trois premiers actes s'étendent sur la matinée et le début de l'après-midi, puisque Antiochus dit à Arsace, à la fin de l'acte III :

> Toutefois il nous reste encore assez de jour.
>
> (v. 949).

L'action s'achève avec la journée, Bérénice s'apprêtant à gagner le soir même le port d'Ostie comme elle en avait manifesté l'intention au vers 1263.

Racine n'a pas davantage eu recours à une possibilité tolérée par la dramaturgie classique : entre les actes de *Bérénice*, aucune action n'est supposée se dérouler hors-scène, et Racine n'utilise donc pas cet artifice grâce auquel on abrège et on allège l'action représentée.

L'issue d'une crise

La prouesse de Racine n'est pas seulement technique : si la durée où s'inscrit l'action est très brève, cela s'explique par la fonction du temps dans l'œuvre même (cf. ci-dessus, p. 51). La décision de Titus est attendue d'une minute à l'autre par le Sénat (v. 1241-1244). Bérénice brûle d'impatience d'entendre Titus s'expliquer devant elle (v. 1041-1044). Et nous avons déjà noté (cf. ci-dessus, p. 56) l'abondance dans la pièce des expressions qui clôturent le temps (« adieu » ou « pour la dernière fois ») : ils sont le signe que le laps de temps où l'action se déroule est la phase ultime, décisive, et forcément brève d'une « crise de séparation ». Le procédé resserre et densifie avec la plus grande vraisemblance la durée de l'action.

L'UNITÉ DE LIEU

Le lieu est indiqué par l'auteur, en tête de l'œuvre, après la liste des personnages : « La scène est à Rome, dans un cabinet qui est entre l'appartement de Titus et celui de Bérénice.» D'ordinaire, Racine se contente d'indications beaucoup plus vagues : souvent « une salle » de palais, par exemple (*Phèdre, Andromaque*). La précision doit donc ici arrêter notre attention : il est tentant de voir une valeur symbolique dans ce cabinet, espace intermédiaire entre le domaine privé de Titus et celui de Bérénice. On peut le considérer comme un espace commun au couple des amants, ou bien comme le terrain neutre où ils s'affrontent.

L'évolution de la pièce confirme cette deuxième hypothèse : il y a bien le « côté » de Titus (Rome, le pouvoir) et le « côté » de Bérénice (le sentiment), avec, entre les deux, l'espace scénique indécis comme le fléau de la balance qui va finalement pencher du côté de Titus. Ceci est perceptible concrètement : à l'acte I, l'appartement de Bérénice est rempli de courtisans qui félicitent celle qu'on croit destinée à devenir impératrice (v. 52-54). A l'acte IV, la foule de tous les corps de l'État occupe l'appartement de Tius (v. 1241-1244) et réclame l'empereur : celui-ci quitte précipitamment le cabinet pour les rejoindre ; il abandonne à son désespoir Bérénice, réfugiée dans son appartement. Rien n'illustre plus scéniquement à quel point Titus est comme happé par le côté politique que représente maintenant son espace privé.

LES BIENSÉANCES

La proscription de la violence physique et verbale qu'exigent les bienséances est entièrement respectée dans *Bérénice* : il s'agit d'une tragédie sans mort ni sang répandu. Ici, l'intériorisation de la souffrance porte à son comble l'exigence classique d'épuration du malheur à la scène.

Il est également bienséant d'atténuer les idées qui pourraient choquer la morale chrétienne : ainsi, le suicide. Or Bérénice (v. 1354), Titus (v. 1421) et Antiochus (v. 1468) y songent tour à tour. Aussi Racine a-t-il imaginé, s'agissant de Bérénice, de lui faire écrire une lettre que Titus lit silencieusement en scène, de manière à épargner au spectateur ce langage pénible. De leur côté, les deux hommes, parlant de « funestes adieux » (v. 1421) et de « sacrifice » (v. 1468), font, grâce à ces euphémismes[1], une convenable économie de mauvais pathétique.

SIMPLICITÉ DE « BÉRÉNICE »

Dans la préface de *Bérénice,* Racine, qui défend sa pièce, use à plusieurs reprises de termes de « simple » ou « simplicité » pour définir l'originalité de cette tragédie. Or, dans l'esprit classique, la simplicité, souvent associée au naturel, est la qualité que l'art atteint lorsqu'il a si parfaitement intégré les règles que l'effet produit est celui de l'évidence : limpidité des *Fables* de La Fontaine ou des *Contes* de Charles Perrault.

Bérénice est dans ce cas : Racine paraît s'être joué des exigences de la dramaturgie classique. Loin de brider la matière tragique, elles ne paraissent exister que pour la mettre en valeur.

La « simplicité » de l'action, que Racine, dans sa préface, admire chez Sophocle, fait de *Bérénice* le point-limite le plus célèbre de toute la production tragique du classicisme : il ne peut y avoir ligne dramatique plus épurée. De son côté, l'extraordinaire condensation du temps paraît une conséquence nécessaire de la simplicité dramatique. Enfin, d'un lieu unique, au sens le plus étroit, Racine a tiré un symbolisme dramatique : ce lieu, inséré entre deux espaces privés, et recueillant l'écho de l'agitation politique romaine, est un champ dynamique d'oppositions.

1. Euphémisme : mode d'expression visant à atténuer l'effet que produit la formulation exacte. « Funestes adieux » est ainsi un euphémisme pour « séparation déchirante ».

10 Le langage poétique

Nous examinerons d'abord les traits communs au langage poétique de Racine dans *Bérénice* et dans ses autres pièces. Deux mots les résument : élégance et préciosité.

Rivalisant avec Corneille, Racine cultive particulièrement l'art du vers-formule dans *Bérénice.* A ce grand style cornélien se rattache également l'ampleur oratoire, qui empreint plus spécialement le discours de Titus, homme d'État.

Quant au trait le plus propre à la poésie de *Bérénice,* c'est assurément, comme les contemporains le reconnaissaient déjà, la présence d'un lyrisme élégiaque inhabituel dans le genre tragique.

ÉLÉGANCE ET PRÉCIOSITÉ

Racine, dans sa préface à *Bérénice,* définit l'excellence de la tragédie, en général, par « une action simple, soutenue de la violence des passions, de la beauté des sentiments et de l'élégance de l'expression ». Gageons qu'en évoquant cette élégance de l'expression, il songeait surtout à sa propre écriture, et notamment à celle de *Bérénice.*

D'ailleurs, les contemporains de Racine admiraient chez lui la simplicité du tour, la justesse des termes, la souplesse syntaxique qui permet à l'écriture de se jouer du carcan de l'alexandrin : tout cela produit cette « élégance » portée au plus haut point dans *Bérénice.*

L'élégance au XVIIe siècle ne va pas sans quelque touche de préciosité : celle-ci exige, dans le langage de l'amour surtout, que l'on s'exprime en termes métaphoriques et souvent hyperboliques[1].

---

1. Hyperbole : exagération rhétorique. Par exemple, « mille et mille larmes » pour « beaucoup de larmes ».

« L'élégance de l'expression »

Prenons immédiatement un exemple. Quand Titus veut exprimer à Paulin la force et la constance de son amour pour Bérénice, il prononce ces deux vers :

> Depuis cinq ans entiers chaque jour je la vois,
> Et crois toujours la voir pour la première fois.
>
> (v. 545-546).

Tout ceci repose sur le vocabulaire le plus usuel ; la rime en « oi », banale par elle-même, n'attire nullement l'attention. Mais, si l'on y regarde de plus près, quelle recherche d'élégante concision ! Observons d'abord les deux couples d'antithèses « cinq ans »/« toujours » et « chaque jour »/« pour la première fois » ; d'autre part, les rimes intérieures « jours »/« toujours » et la reprise du verbe voir, qui n'est évidemment pas négligence, suggèrent discrètement le pouvoir exercé sur Titus par la simple vue de Bérénice. Ce pouvoir, il était difficile de l'évoquer avec plus de grâce et de symétrie dans la limite de vingt-quatre syllabes.

La préciosité[1]

Le langage de la préciosité apparaît principalement dans la bouche d'Antiochus. Cela s'explique par le fait que ce personnage est le type de l'amoureux parfait selon le code de la préciosité : adorateur constant et respectueux, généreux et exempt de vile jalousie, brave à la guerre de surcroît.

Il n'est donc pas étonnant de l'entendre prononcer des vers comme ceux-ci, quand il rappelle à Bérénice le moment où il est tombé amoureux d'elle :

> Si, dans ce haut degré de gloire et de puissance,
> Il vous souvient des lieux où vous prîtes naissance,
> Madame, il vous souvient que mon cœur en ces lieux
> Reçut le premier trait qui partit de vos yeux.
>
> (v. 187-190).

1. Le terme est pris ici au sens historique et littéraire : le mouvement précieux du XVIIe siècle cultive le raffinement de l'expression, qui accompagne celui des sentiments.

Le style noble et emphatique vise ici à magnifier la femme aimée. Précieuse est l'image du trait (la flèche) qui part du regard de la dame pour frapper le soupirant.

Dans le même esprit, on notera les périphrases qui, dans d'autres passages, désignent l'amour par des euphémismes : « aimer » se dit « n'être plus contraire à [mes] vœux » ou « flatter [mes] vœux » (v. 800-801). L'amour, dans la tradition précieuse, est personnifié et actif : on parlera donc des « nœuds puissants de l'Amour » (v. 541). Dans de tels vers, qui ne sont pas les plus originaux de sa tragédie, Racine paie donc son tribut à l'influence de la préciosité, dominante dans la première moitié du XVIIe siècle et encore sensible à l'époque de *Bérénice.*

L'ART DU VERS-FORMULE

Corneille était célèbre pour les vers-formules, frappés comme des médailles et prenant souvent l'allure de maximes, dont il parsemait ses tragédies. Ainsi le célèbre vers du *Cid* «A vaincre sans péril, on triomphe sans gloire.» Racine, dans *Bérénice,* rivalise sur ce plan avec Corneille, d'autant que le thème de la pièce (opposition amour/pouvoir) se prête aux belles formules antithétiques. En voici une, que nous avons déjà signalée :

> Pourquoi suis-je empereur ? Pourquoi suis-je amoureux ?
> (v. 1226).

On peut également citer le vers 1030, prononcé par Titus :

> Qu'ai-je fait pour l'honneur ? J'ai tout fait pour l'amour.

De part et d'autre de la coupure à l'hémistiche (après la sixième syllabe), l'antithèse entre les deux valeurs est fortement soulignée par la reprise du verbe « faire ».

Examinons maintenant le vers 1102, également placé dans la bouche de Titus :

> Mais il ne s'agit plus de vivre, il faut régner.

Ici, exceptionnellement, la coupe apparaît après la huitième syllabe, ce qui surprend l'oreille de l'auditeur, et dote d'un poids considérable la seconde partie du vers (« il faut régner »). Et c'est bien cette lourde obligation qui pèse sur Titus.

On voit que le vers-formule dans *Bérénice* n'a pas une fonction ornementale, mais qu'il condense en douze syllabes l'essentiel du dilemme tragique.

L'AMPLEUR ORATOIRE

Les longues phrases courant sur plusieurs vers, l'ampleur oratoire nourrie d'exclamations, d'apostrophes, d'interrogations, voilà qui est assez rare dans l'écriture sobre de Racine. *Bérénice* fait figure d'exception, parce que, là encore, le noble dilemme entre l'amour et le pouvoir y invite, surtout dans la bouche de l'empereur de Rome.

Ne pouvant citer ici de longues tirades, nous invitons à relire, par exemple, les vers 439-447, dans lesquels Titus annonce à Paulin son intention de se séparer de Bérénice. La phrase s'étend sur sept vers, et elle est solennisée par la reprise en tête des vers 441 et 442 de la locution « Maintenant que », procédé typiquement oratoire appelé anaphore.

Dans le très long monologue de Titus, qui constitue à lui seul la scène 4 de l'acte IV (v. 987-1040), nous observons une accumulation de procédés oratoires, qui dramatisent avec véhémence les hésitations de Titus, comme s'il parlait devant le tribunal de l'Histoire. Le plus frappant de ces procédés est encore l'anaphore du terme « Rome », ce qui évidemment est lourd de significations : « Rome ne voudra point [...] » (v. 1008) ; « Rome peut par son choix [...] » (v. 1009) ; « Que Rome avec ses lois [...] » (v. 1011) ; « Rome sera pour nous [...] » (v. 1013).

Si nous isolons les vers 1011 et 1012 :

> Que Rome avec ses lois mette dans la balance
> Tant de pleurs, tant d'amour, tant de persévérance,

nous voyons que l'image de la pesée dans la balance a quelque chose d'emphatique (Zeus, dans la mythologie grecque, pèse les destinées dans sa balance). Le deuxième vers possède un rythme ternaire caractéristique du style oratoire. De plus, ce rythme est marqué par l'amplification, oratoire elle aussi, puisque les trois substantifs qui se suivent comptent respectivement une (pleurs), deux (amour), puis quatre syllabes (persévérances).

D'une manière générale, ce sont les propos de Paulin et de Titus (les personnages romains de la tragédie) qui sont marqués par cette recherche oratoire : qui ne connaît la tradition rhétorique[1] romaine si brillamment représentée par le célèbre orateur Cicéron.

Mais Bérénice use également des prestiges de la rhétorique. Relisons l'évocation des funérailles nocturnes de Vespasien (v. 303-306) et des jeux de lumières et de regards dont Titus est le centre : nous avons un effet de syntaxe accumulative, qui jette à profusion les sujets grammaticaux, éblouissant le lecteur autant que Bérénice elle-même est éblouie par la grandeur de son amant.

LE LYRISME ÉLÉGIAQUE

Le lyrisme est traditionnellement l'expression (souvent dans la forme poétique versifiée) de sentiments personnels. L'adjectif « élégiaque » est dérivé du terme « élégie », qui désigne un poème lyrique où prédomine l'expression du regret, de la mélancolie face à la fuite du temps et de l'amour. La beauté de maints passages de Bérénice tient à cette tonalité élégiaque qui les baigne et se conjugue avec l'élégance de l'expression. Comme il faut s'y attendre, ce sont Antiochus et Bérénice, personnages tournés vers le passé, qui prononcent ces vers. Certains sont parmi les plus justement célèbres de notre pièce.

Écoutons Antiochus évoquer sa tristesse après le départ de Bérénice, quand elle quitta l'Orient pour suivre Titus à Rome :

> Dans l'Orient désert, quel devint mon ennui !
> Je demeurai longtemps errant dans Césarée,
> Lieux charmants où mon cœur vous avait adorée.
> Je vous redemandais à vos tristes États ;
> Je cherchais en pleurant les traces de vos pas.
>
> (v. 234-238).

1. Rhétorique : qui concerne les procédés de style permettant d'agir sur autrui par le langage.

La nostalgie douloureuse (c'est le sens d'« ennui » dans la langue classique) est soutenue poétiquement par le thème de l'absence. Mais dans cette absence, il y a encore les marques d'une ancienne présence (« la trace de vos pas »), et les lieux mêmes paraissent empreints du charme de la reine absente (« lieux charmants »). L'impression subjective semble une donnée objective du réel, parce qu'il se produit une projection de la sensibilité sur les lieux : « l'Orient désert », c'est l'Orient paraissant désormais vide à Antiochus, puisque Bérénice n'y réside plus. De plus, dans l'imagination du lecteur, ce sont de vastes espaces orientaux déserts qui se lèvent ; le nom mystérieux de Césarée de Palestine contribue à cet effet. Aussi l'expression d'une part et les motifs de l'errance et du chagrin de l'autre se conjuguent-ils pour créer une tonalité élégiaque pleine de charme triste.

Voici maintenant quelques vers prononcés par Bérénice, qui songe à ce que sera l'avenir, loin de Titus :

> Dans un mois, dans un an, comment souffrirons-nous,
> Seigneur, que tant de mers me séparent de vous ?
> Que le jour recommence et que le jour finisse
> Sans que jamais Titus puisse voir Bérénice,
> Sans que de tout le jour je puisse voir Titus ?
>
> (v. 1113-1117).

L'originalité de cette évocation réside dans le fait que Bérénice se place, par la pensée, dans le futur, mais que ce futur n'a de réalité psychologique que par rapport au passé : cet avenir n'est que nostalgie de l'amour, tristesse de l'exil. On sera attentif aux symétries syntaxiques (« recommence »/« finisse » ; « voir Bérénice »/« voir Titus ») : elles produisent un effet de langueur, de régularité calme qui teinte d'une grande noblesse le sentiment élégiaque. Peut-être est-ce là l'une des clés de ce que, dans sa préface, Racine désigne d'une si belle formule : « cette tristesse majestueuse qui fait tout le plaisir de la tragédie ».

11 Bérénice : une pièce tragique ?

Que *Bérénice* soit une tragédie selon les critères de l'esthétique classique[1], cela est clair : sur ce plan donc, la question posée par le titre trouve d'elle-même sa réponse. Mais l'adjectif « tragique », s'il définit ce qui relève formellement de la tragédie, a aussi un sens plus large, issu de la tragédie grecque : il qualifie ce qui se rattache à la fatalité et « évoque une situation où l'homme prend douloureusement conscience d'un destin ou d'une fatalité qui pèse sur sa vie, sa nature ou sa condition même. »[2]

On peut alors se poser certaines questions sur le caractère tragique de *Bérénice,* puisque n'y apparaissent pas les formes traditionnelles de la fatalité et du malheur, en particulier la mort. Au contraire, les personnages sont à un moment de leur vie où ils doivent faire des choix, c'est-à-dire user de leur liberté en toute responsabilité. Or, le choix devant lequel les place leur liberté les mène inévitablement au malheur. Mais ils finiront par accepter leur souffrance : là réside la « tristesse majestueuse » dont Racine dans sa préface a fait une nouvelle catégorie du tragique. C'est pourquoi *Bérénice* est une tragédie particulièrement réussie.

« BÉRÉNICE » : UNE TRAGÉDIE SANS FATALITÉ ?

La fatalité est une force surnaturelle qui pèse a priori et de manière inéluctable sur le destin d'un homme ; celui-ci subit ainsi parfois des malheurs qui peuvent aller jusqu'à la

1. Cf. ci-dessus, p. 58.
2. Dictionnaire *Petit Robert*.

mort et dont il est innocent à titre personnel. Une telle situation doit, selon les principes de la *Poétique* d'Aristote, provoquer chez le spectateur terreur et pitié et le purger ainsi de ses émotions et de ses passions (catharsis).

Dans la tragédie grecque, la fatalité se manifeste par des interventions du merveilleux, par l'existence d'une généalogie maudite, ou par la présence manifeste d'une divinité, forme suprême de la fatalité. Racine a certes choisi pour certaines de ses pièces un sujet tiré de la mythologie grecque, par exemple pour *Phèdre.* Or, même dans ces pièces, la fatalité n'est qu'apparente. *Bérénice* est une pièce dont le sujet est tiré de l'Histoire, c'est-à-dire d'une suite d'événements accomplis par les hommes. Racine s'est en outre inspiré, comme nous l'avons vu, du texte de l'historien Suétone relatant des faits qui se sont effectivement produits. Donc, même en apparence, il ne peut y avoir dans *Bérénice* d'interventions de forces surnaturelles.

Toutefois pèsent quand même sur les personnages certaines réalités extérieures à leur volonté qui exercent une influence déterminante sur leur destin. Ainsi, la loi de Rome s'impose à Titus à la mort de Vespasien. En vérité, même si Titus l'avait oubliée dans les années précédentes, cette loi a toujours existé. Sa pression omniprésente et inéluctable est d'ailleurs incarnée par les regards « avides » des Romains (v. 309) qui enveloppent et obsèdent désormais Titus (cf. v. 137 et 467).

LA DÉCOUVERTE DU LIBRE ARBITRE[1]

Mais, si la mort de Vespasien impose à Titus une loi à laquelle il doit se soumettre, elle le place aussi au sommet de la puissance : « Vespasien est mort et Titus est le maître » (v. 248) ou encore « Titus m'aime, il peut tout, il n'a plus qu'à parler » (v. 298).

Or, puisqu'il est tout puissant, il peut en particulier, transgresser la loi ; il en a clairement conscience (cf. v. 1000

1. Libre arbitre : faculté de se déterminer par le seul effet de sa volonté.

et suivants). Bérénice cherche d'ailleurs plusieurs fois à en tirer avantage (v. 1083-1086 et v. 1137-1138).

Voici donc un dilemme pour Titus : se soumettre à la loi romaine ou la transgresser ? Ce qui s'impose en fait à lui, ce n'est pas la rigueur de la loi, mais l'exigence du choix : il découvre ainsi de nouvelles valeurs, la liberté et la lucidité qu'elle nécessite ; d'ailleurs des verbes comme « connaître », « savoir » font leur apparition dans ses propos et se substituent alors au lexique de l'affectivité.

A la fin de la pièce, Titus a complètement accepté ces nouvelles valeurs : dans la scène 6 de l'acte V, il s'exprime avec une grande netteté. Celle-ci témoigne qu'il est maître de ses décisions : il a, une fois pour toutes, choisi d'être exclusivement empereur et de se suicider si Bérénice elle-même se suicide.

Par ailleurs, Titus n'est pas le seul personnage confronté à des choix. Antiochus, lui, choisit de reparler à Bérénice de son amour alors qu'elle lui avait imposé le silence (acte I, scène 4). Et dans la dernière scène, il ira délibérément jusqu'à tout dire à Titus. Quand à Bérénice, elle décide de faire librement ce qui lui avait été initialement imposé : elle part de son plein gré.

Les personnages découvrent donc le libre arbitre, notion qui s'oppose à l'idée de fatalité et qui constitue une des grandes préoccupations de la pensée du XVIIe siècle. En outre, l'ayant découvert, ils en font usage et s'affirment ainsi comme des êtres libres. Ils ne subissent plus leur destin mais l'affrontent et en deviennent les acteurs : on pourrait considérer qu'ils échappent alors à l'univers tragique. Mais c'est pour aborder un tragique d'une nature beaucoup plus intime et finalement au moins aussi cruel.

LE MALHEUR INÉVITABLE

Le déchirement des personnages

Le choix devant lequel les événements ont placé les personnages est une alternative déchirante au sens littéral du terme : en effet, chacune des deux voies ainsi offertes leur est vitale mais exclut totalement l'autre. La voie finalement choisie interdit « pour jamais » l'accès à l'autre, de même que toute possibilité d'un retour en arrière ou la perspective d'une nouvelle voie. Jusqu'alors les personnages étaient heureux, parce que leurs désirs allaient dans une seule et unique direction et pouvaient être satisfaits. C'est ce que rappelle Titus, assez égoïstement d'ailleurs :

> Je ne rendais qu'à moi compte de mes désirs.
>
> (v. 458).

Ceci représentait un absolu, auquel il faut renoncer. Il faut accepter que l'être humain est contradictoire et ce constat fait souffrir les personnages. Parfois Racine compose ses alexandrins de parties qui s'opposent nettement :

> Mais il ne s'agit plus de vivre, il faut régner.
>
> (v. 1102).

Une telle construction fait ressortir le déchirement du personnage.

Le vers 1226, construit avec deux hémistiches parallèles et juxtaposés, produit le même effet : Titus doit choisir entre l'amour et le pouvoir[1]:

> Pourquoi suis-je empereur ? Pourquoi suis-je amoureux ?

La souffrance imposée à autrui

Quoi qu'ils fassent – fatalement pourrait-on dire – les personnages souffrent. En outre, ils font souffrir, ce qui les rend inévitablement coupables. Et le sentiment de leur culpabilité redouble leur souffrance initiale. Plus que tout autre, Titus est dans une telle situation envers Bérénice. Il s'avoue à lui même :

> C'est peu d'être constant[2], il faut être barbare,
>
> (v. 992).

1. Cf. chapitre 5, p. 33.
2. Ici : fidèle à la décision prise.

En outre, Racine ajoute encore à la situation douloureuse où il a placé ses personnages des raffinements de cruauté. En effet, il exploite parfois l'ignorance où ils se trouvent pour leur faire prononcer involontairement des paroles blessantes. Par exemple, au début de la pièce, Titus ignore qu'Antiochus aime Bérénice. C'est pourquoi il peut demander à Antiochus d'aller parler à Bérénice à sa place : vraisemblablement Antiochus supportera plus facilement cette situation que lui. Titus insiste alors beaucoup auprès d'Antiochus sur l'amitié qui lie celui-ci à Bérénice :

> Vous, que l'amitié seule attache sur ses pas
>
> (v. 757).

Évidemment, en prononçant ce vers, il fait souffrir Antiochus sans le savoir ; il fait le mal en toute innocence. Ainsi, à plusieurs reprises, Titus et Bérénice, tout occupés d'eux-mêmes, sont d'une cruauté difficilement supportable pour le pauvre Antiochus.

En outre, le spectateur connaît la situation de tous les personnages, ce qui est pénible pour lui aussi. Il est en effet le témoin impuissant et malgré lui complaisant de leur souffrance. Il la vit avec eux ou quelquefois la prévoit.

L'ironie tragique

Lorsque Bérénice aux vers 615-616 dit à Titus :

> Moi, qui mourrais le jour qu'on voudrait m'interdire
> De vous…

elle ne peut pas achever ses propos, puisque Titus l'interrompt. Mais elle était en train de prédire son propre destin. Et le spectateur le sait. Et lorsqu'elle déclare :

> Vous devez d'autres soins à Rome, à votre gloire.
>
> (v. 604),

elle conseille à Titus de se préoccuper de son rôle d'empereur, sans le savoir, elle parle contre elle-même. En effet, au cas où Titus n'y aurait pas songé, elle lui donne de bonnes raisons de l'exiler. Ainsi, les paroles des personnages prennent parfois, malgré eux, un sens insoupçonné, en particulier quand ils prédisent leur propre malheur, mais ils parlent comme s'ils étaient libres. C'est comme si le sort se jouait d'eux pour les rendre encore plus malheureux.

Une « tristesse majestueuse »

En tout cas, ils sont cernés de tous côtés par la souffrance et habités par la « tristesse ». Titus parle d'ailleurs de Bérénice en l'appelant « la triste Bérénice » (v. 472) et les personnages réclament tout au long de la pièce leur mutuelle pitié. Être plaint, voici ce qu'ils recherchent et qu'ils expriment avec le mot : « hélas », prononcé une bonne douzaine de fois au total. Placé en position finale dans la bouche d'Antiochus, il colore rétrospectivement l'ensemble de la pièce de tristesse. Cette tristesse fait bel et bien de *Bérénice* une pièce tragique selon les propos mêmes de Racine dans sa préface : « Ce n'est point une nécessité qu'il y ait du sang et des morts dans une tragédie : il suffit que l'action en soit grande, que les acteurs en soient héroïques, que les passions y soient excitées, et que tout s'y ressente de cette tristesse majestueuse qui fait tout le plaisir de la tragédie. »

DE LA PITIÉ À L'ADMIRATION

On raconte qu'aux premières représentations de *Bérénice*, certains vers ont fait rire le public, en particulier le vers 1154 :

> Vous êtes empereur, Seigneur, et vous pleurez !

Les personnages apparaissaient donc comme un peu ridicules. Dans de tels moments, ils pouvaient certes être plaints à cause de leur tristesse, mais ils n'offraient aux spectateurs aucune grandeur. Pour être grands, les personnages doivent dépasser leurs faiblesses, en particulier ne pas se laisser submerger par la souffrance : puisqu'elle s'est imposée à eux, ils feront d'eux-mêmes des personnages hors du commun en l'acceptant, en en faisant volontairement la compagne de leur solitude. Le malheur est inéluctable. Mais si les personnages le regardent tel qu'il est, et sont assez grands pour le supporter, « l'action » aussi est « grande » et les « acteurs » en sont « héroïques ».

Dans la dernière scène, la pitié que les personnages suscitaient ou réclamaient a acquis une majesté qu'elle n'avait pas auparavant. Dans toutes les scènes précédentes où les personnages se rencontraient à deux, il n'y avait en fait entre eux aucune réelle compréhension et leur parole restait vaine. Mais dans la dernière scène, l'effort commun de grandeur les réunit tous trois : chacun connaît certes la solitude mais comprend aussi celle de l'autre. Nous sommes passés de la pitié à la compassion et les personnages ont atteint une dimension morale qui force l'admiration.

UNE TRAGÉDIE A PART ENTIÈRE

La tragédie doit représenter les malheurs des hommes et, par le plaisir de la représentation, toucher le spectateur et être pour lui pleine « d'utiles instructions »[1]: tel est le devoir du poète tragique comme le rappelle Racine dans plusieurs de ses préfaces. *Bérénice* répond particulièrement bien à cette définition. Le malheur intime des personnages est au cœur de l'action. Ils y ont progressivement acquis cette « tristesse majestueuse » qui en fait selon les critères même de Racine des personnages tragiques. C'est ce que représente la pièce et qui touche les spectateurs.

En outre à la fin, les personnages transcendent encore cette situation en en devenant, en quelque sorte, les metteurs en scène : ils se placent délibérément ainsi d'eux-mêmes dans les catégories esthétiques de la tragédie et confirment par leur propre choix le statut de personnages tragiques que l'auteur leur avait conféré. Certains vers de Titus sont, de ce point de vue, révélateurs (v. 1172-1774). Mais les derniers vers de Bérénice sont, sans conteste, les plus significatifs :

> Adieu, servons tous trois d'exemple à l'univers,
> De l'amour la plus tendre et la plus malheureuse,
> Dont il puisse garder l'histoire douloureuse.
>
> (v. 1502-1504).

MODERNITÉ DE « BÉRÉNICE »

La situation que Racine met en place dans *Bérénice* nous fait parfois sortir des catégories habituelles du tragique. Mais il en invente d'autres qui font de *Bérénice* une tragédie à part entière. Et ses personnages sont d'autant plus tragiques qu'ils se mettent eux-mêmes en représentation. Sans cette mise en scène, leur sort à la fin de la pièce pourrait sembler ordinaire et ce serait peut-être pour eux plus terrible que tout. Il leur faut rester grands, et pour cela continuer d'apparaître aux yeux des autres comme des personnages tragiques. La représentation qu'ils donnent d'eux-mêmes est comme le théâtre : ce qu'elle montre apparaît comme vrai et là est l'essentiel. Sans cette représentation, leur vie garderait-elle encore un sens à la fin de la pièce ? Il n'y a plus d'absolu, la passion amoureuse est une faiblesse, la parole un outil d'illusion ou de souffrance, et l'être humain a pour lot la solitude. Une vie sans sens serait absurde : voici une vision bien moderne du tragique, qu'ont exploitée des dramaturges contemporains tels Beckett. Mais, dans son théâtre, les personnages sont réduits à eux-mêmes, dérisoires et misérables ; s'ils ne peuvent pas être nos modèles, en tous cas, ils peuvent être nos semblables.

L'extrême simplicité de *Bérénice* peut faire ressortir une telle modernité sous-jacente du texte. Cette même simplicité a parfois dérangé certains commentateurs qui se demandaient si *Bérénice* était vraiment une tragédie. Or *Bérénice* est bel et bien une pièce qui met en scène des personnages tragiques. Par la simplicité de sa forme, elle est une tragédie classique exceptionnelle.

1. Cf. préface de *Phèdre*.

INDICATIONS BIBLIOGRAPHIQUES

Éditions

– *Bérénice* (Sedes, 1974). Édition avec analyse dramaturgique.

– *Bérénice* (Livre de Poche, 1987).

Sur Jean Racine et son théâtre

– Michel Viegnes, *Le théâtre, problématiques essentielles* (Coll. « Profil », série « Histoire littéraire », **151/152**).

– Alain Couprie, *La tragédie racinienne* (Coll. « Profil », série « Histoire littéraire », **179/180**).

– Roland Barthes, *Sur Racine* (Le Seuil, 1963).

– Lucien Goldmann, *Racine* (L'arche, 1956).

– Charles Mauron, *L'inconscient dans l'œuvre et la vie de Jean Racine* (Champion-Slatkine, 1986).

– Jean Rohou, *L'évolution du tragique racinien* (Sedes, 1991).

– Jacques Schérer, *Racine et/ou la cérémonie* (PUF, 1982).

Sur Bérénice

Simone Akerman, *Le mythe de Bérénice* (Nizet, 1978).

Ouvrages généraux comportant des études sur Racine

– Georges Poulet, *Études sur le temps humain* (Éditions du Rocher, tomes 2 et 4, 1976).

– Jean Starobinski, *L'œil vivant* (Gallimard, 1961).

INDEX DES THÈMES ET DES NOTIONS

(Les chiffres renvoient aux pages du Profil)

TEXTES EXPLIQUÉS

BAC 2002 QUESTIONS TRAITÉES

PROFIL HISTOIRE LITTÉRAIRE

GROUPEMENT DE TEXTES

Imprimé en France par Pollina, 85400 Luçon - n° 87629
N° d'édition : 14588 - Dépôt légal : septembre 2002